OEUVRES COMPLÈTES

DE MADAME

DE LA FAYETTE.

OEUVRES COMPLÈTES

DE MADAME

DE LA FAYETTE.

NOUVELLE ÉDITION,

REVUE, CORRIGÉE, ET PRÉCÉDÉE D'UNE NOTICE
HISTORIQUE ET LITTÉRAIRE, ET D'UN TRAITÉ SUR
L'ORIGINE DES ROMANS.

TOME SECOND.

~~~~~~~~~~~~~~~~~~~~~~~~

ZAYDE II.

~~~~~~~~~~~~~~~~~~~~~~~~

A PARIS,

Chez D'HAUTEL, Libraire, rue de la Harpe, n°. 80,
près le Collège de Justice.
1812.

46987

ZAYDE,

HISTOIRE ESPAGNOLE.

SUITE DE LA SECONDE PARTIE.

ALPHONSE ne savoit que répondre à Consalve, par l'impossibilité de se déterminer à ce qu'il devoit dire pour calmer sa douleur. Enfin, après lui avoir représenté que son esprit n'étoit pas en état de prendre une résolution, et qu'il falloit se servir de sa raison pour supporter son malheur, il l'obligea de retourner chez lui. Sitôt que Consalve fut dans sa chambre, il fit appeler son truchement, pour se faire expliquer quelques mots qu'il avoit entendu dire à Zayde, et qu'il avoit retenus. Le truchement lui en expliqua plusieurs, et entre autres ceux que Zayde avoit souvent dits à Félime en le regardant. Il les expliqua en sorte que Consalve fut assuré qu'il ne s'étoit pas trompé lorsqu'il avoit cru qu'elle parloit d'une ressemblance ; et il ne douta plus alors que ce ne fût un

*

amant de Zayde à qui il ressembloit. Dans
cette pensée, il envoya chercher les femmes qui avoient vu partir cette belle étrangère, pour savoir d'elles si, parmi ces
hommes qui l'avoient emmenée, il n'y
avoit point quelqu'un qui lui ressemblât.
Sa curiosité ne put être satisfaite : ces femmes les avoient vus de trop loin pour remarquer cette ressemblance, et elles lui
dirent seulement qu'il y en avoit un que
Zayde avoit embrassé. Consalve ne put
entendre ces paroles sans s'abandonner au
désespoir, et sans prendre le dessein d'aller chercher Zayde, pour tuer son amant
à ses yeux. Alphonse lui représenta qu'il
y auroit de l'injustice et de l'impossibilité
dans ce dessein; qu'il n'avoit point de droits
sur Zayde ; qu'elle étoit engagée avec cet
amant avant que de l'avoir vu ; que c'étoit
peut-être son mari; qu'il ne savoit en quel
lieu du monde la chercher ; que quand il
l'auroit trouvée, ce seroit apparemment
dans un pays où ce rival auroit tant d'autorité, qu'il ne pourroit exécuter ce que
la colère lui conseilloit d'entreprendre.
Que voulez-vous donc que je devienne?
répliqua Consalve ; et croyez-vous qu'il
me soit possible de demeurer en l'état où

je suis ! Je voudrois, dit Alphonse, que vous supportassiez ce malheur, qui ne regarde que l'amour, comme vous avez déjà supporté ceux qui regardoient et l'amour et la fortune. C'est pour avoir trop souffert, que je ne puis plus souffrir, répondit Consalve : je veux aller chercher Zayde, la revoir, savoir d'elle qu'elle en aime un autre, et mourir à ses pieds. Mais non, reprit-il, je serois digne de mon malheur, si j'allois chercher Zayde, après la manière dont elle m'a quitté. Le respect et l'adoration que j'ai eus pour elle, l'engageoient à me faire dire au moins qu'elle s'en alloit. La seule reconnoissance l'y devoit obliger ; et puisqu'elle ne l'a pas fait, il faut qu'elle joigne le mépris à l'indifférence. Je me suis trop flatté, quand j'ai pu m'imaginer qu'elle ne me haïssoit pas ; je ne dois jamais penser à la suivre ni à la chercher. Non, Zayde, je ne vous suivrai point. Alphonse, je me rends à vos raisons, et je vois bien que je ne dois prétendre qu'à finir le plutôt que je pourrai le reste d'une misérable vie.

Consalve parut déterminé à cette résolution, et son esprit en fut plus calme. Il étoit néanmoins dans une tristesse qui fai-

soit pitié : il passoit les journées entières
dans les lieux où il avoit vu Zayde, et il
sembloit l'y chercher encore. Il garda son
truchement pour apprendre la langue
grecque ; et quoiqu'il fût persuadé qu'il
ne verroit jamais Zayde, il trouvoit quelque douceur à s'assurer au moins qu'il la
pourroit entendre, s'il la revoyoit. Il apprit en peu de temps ce que les autres n'ap-
prennent qu'en plusieurs années. Mais
lorsqu'il n'eut plus cette occupation, qui
avoit quelque rapport avec Zayde, il se
trouva encore plus affligé qu'auparavant.

Il faisoit souvent réflexion sur la cruauté
de sa destinée, qui, après l'avoir accablé
à Léon de tant de malheurs, lui en faisoit
éprouver un incomparablement plus sensible, en le privant d'une personne qui
seule lui étoit plus chère que la fortune,
l'ami, et la maîtresse qu'il avoit perdus.
En faisant cette triste différence de ses
malheurs passés à son malheur présent,
il se souvint de la promesse qu'il avoit
faite à don Olmond de lui donner de ses
nouvelles ; et quelque peine qu'il eût à
penser à autre chose qu'à Zayde, il jugea
qu'il devoit cette marque de reconnoissance à un homme qui lui avoit témoigné

tant d'amitié. Il ne voulut pas lui apprendre précisément le lieu où il étoit : il lui manda seulement qu'il le prioit de lui écrire à Tarragone ; que sa retraite n'en étoit pas éloignée ; qu'il s'y trouvoit sans ambition ; qu'il n'avoit plus de ressentiment contre don Garcie, de haine pour don Ramire, ni d'amour pour Nugna Bella ; que cependant il étoit encore plus malheureux que lorsqu'il partit de Léon.

Alphonse étoit sensiblement touché de l'état où il voyoit Consalve ; il ne l'abandonnoit point, et tâchoit, autant qu'il lui étoit possible, de diminuer son affliction. Vous avez perdu Zayde, lui disoit-il un jour ; mais vous n'avez pas contribué à la perdre ; et quelque malheureux que vous soyez, il y a du moins une sorte de malheur que votre destinée vous laisse ignorer. Être la cause de son infortune est un malheur qui vous est inconnu ; et c'est celui qui fera éternellement mon supplice. Si vous trouvez quelque consolation, continua-t-il, d'apprendre, par mon exemple, que vous pourriez être plus infortuné que vous ne l'êtes, je veux bien vous raconter les accidens de ma vie, quelque douleur que me puisse donner un si triste souvenir. Consalve ne put s'empêcher de lui laisser voir tant de désir de savoir ce qui l'avoit obligé à se confiner dans un désert, qu'Alphonse, pour satisfaire sa curiosité et pour lui faire connoître qu'il étoit plus malheureux que lui, commença ainsi l'histoire de ses déplaisirs.

HISTOIRE D'ALPHONSE ET DE BELASIRE.

Vous savez, seigneur, que je m'appelle Alphonse Ximenès, et que ma maison a quelque lustre dans l'Espagne, pour être descendue des premiers rois de Navarre. Comme je n'ai dessein que de vous conter l'histoire de mes derniers malheurs, je ne vous ferai pas celle de toute ma vie : il y a néanmoins des choses assez remarquables; mais comme, jusqu'au temps dont je veux vous parler, je n'avois été malheureux que par la faute des autres, et non pas par la mienne, je ne vous en dirai rien; et vous saurez seulement que j'avois éprouvé tout ce que l'infidélité et l'inconstance des femmes peuvent faire souffrir de plus douloureux. Aussi étois-je très-éloigné d'en vouloir aimer aucune. Les attachemens me paroissoient des supplices ; et quoiqu'il y eût plusieurs belles personnes à la cour, dont je pouvois être aimé, je n'avois pour elles que les sentimens de respect qui sont dus à leur sexe. Mon père, qui vivoit encore, souhaitoit de me marier, par cette chimère si ordinaire à tous les hommes de vouloir conserver leur nom. Je n'avois pas de répugnance au mariage ; mais la connoissance que j'avois des femmes, m'avoit fait prendre la résolution de n'en épouser jamais de belles ; et après avoir tant souffert par la jalousie, je ne voulois pas me mettre au hasard d'avoir tout ensemble celle d'un amant et celle d'un mari. J'étois dans ces dispositions, lorsqu'un jour mon père me dit que Belasire, fille du comte de Guevarre, étoit arrivée à la cour ; que c'étoit un parti considérable et par son bien et par sa naissance, et qu'il eût fort souhaité de l'avoir pour belle-fille. Je lui répondis qu'il faisoit un souhait inutile ; que j'avois déjà ouï parler de Belasire, et que je savois que personne n'avoit encore pu lui plaire ; que je savois aussi qu'elle étoit belle, et que c'étoit assez pour m'ôter la pensée de l'épouser. Il me demanda si je l'avois vue : je lui répondis que toutes les fois qu'elle étoit venue à la cour, je m'étois trouvé à l'armée, et que je ne la connoissois que de réputation. Voyez-la, je vous en prie, répliqua-t-il; et si j'étois aussi assuré que vous lui pussiez plaire, que je suis persuadé qu'elle vous fera changer de résolution de n'épouser jamais une belle femme; je ne douterois pas de votre mariage. Quelques jours après, je trouvai Belasire chez la reine : je demandai son nom, me doutant bien que c'étoit elle, et elle demanda le mien, croyant bien aussi que j'étois Alphonse. Nous devinâmes l'un et l'autre ce que nous avions demandé, nous nous le dîmes, et nous parlâmes ensemble avec un air plus libre qu'apparemment nous ne le devions avoir dans une première conversation. Je trouvai la personne de Belasire très-charmante, et son esprit beaucoup au-dessus de ce que j'en avois pensé. Je lui dis que j'avois de la honte de ne la connoître pas encore; que néanmoins je serois bien aise de ne la pas connoître davantage; que je n'ignorois pas combien il étoit inutile de songer à lui plaire, et combien il étoit difficile de se garantir de le désirer. J'ajoutai que, quelque difficulté qu'il y eût à toucher

son cœur, je ne pourrois m'empêcher d'en
former le dessein, si elle cessoit d'être
belle ; mais que tant qu'elle seroit comme
je la voyois, je n'y penserois de ma vie ;
que je la suppliois même de m'assurer qu'il
étoit impossible de se faire aimer d'elle,
de peur qu'une fausse espérance ne me fît
changer la résolution que j'avois prise de
ne m'attacher jamais à une belle femme.
Cette conversation, qui avoit quelque chose
d'extraordinaire, plut à Belasire ; elle parla
de moi assez favorablement ; et je parlai
d'elle comme d'une personne en qui je trouvois un mérite et un agrément au-dessus
des autres femmes. Je m'enquis, avec plus
de soin que je n'avois fait, quels étoient
ceux qui s'étoient attachés à elle. On me
dit que le comte de Lare l'avoit passionnément aimée ; que sa passion avoit duré
long-temps ; qu'il avoit été tué à l'armée,
et qu'il s'étoit précipité dans le péril, après
avoir perdu l'espérance de l'épouser. On
me dit aussi que plusieurs autres personnes
avoient essayé de lui plaire, mais inutilement, et que l'on n'y pensoit plus, parce
qu'on croyoit impossible d'y réussir. Cette
impossibilité dont on me parloit, me fit
imaginer quelque plaisir à la surmonter.

2

Je n'en fis pas néanmoins le dessein; mais
je vis Belasire le plus souvent qu'il me fut
possible; et comme la cour de Navarre
n'est pas si austère que celle de Léon, je
trouvois aisément les occasions de la voir. Il
n'y avoit pourtant rien de sérieux entre elle
et moi: je ne lui parlois en rien de l'éloi-
guement où nous étions l'un pour l'autre,
et de la joie que j'aurois qu'elle changeât
de visage et de sentimens. Il me parut que
ma conversation ne lui déplaisoit pas, et
que mon esprit lui plaisoit, parce qu'elle
trouvoit que je connoissois tout le sien.
Comme elle avoit même pour moi une confiance qui me donnoit une entière liberté
de lui parler, je la priai de me dire les
raisons qu'elle avoit eues de refuser si opi-
niàtrément ceux qui s'étoient attachés à lui
plaire. Je vais vous répondre sincèrement,
me dit-elle: Je suis née avec une aversion
marquée pour le mariage: les liens m'en
ont toujours paru très-rudes; et j'ai cru
qu'il n'y avoit qu'une passion qui pût assez
aveugler, pour faire passer par dessus toutes les raisons qui s'opposent à cet engagement. Vous ne voulez pas vous marier
par amour, ajouta-t-elle, et moi je ne com-
prends pas qu'on puisse se marier sans

amour, et sans un amour violent; et bien loin d'avoir eu de la passion, je n'ai même jamais eu d'inclination pour personne : ainsi, Alphonse, si je ne suis point mariée, c'est parce que je n'ai rien aimé. Quoi! madame, lui répondis-je, personne ne vous a plu? votre cœur n'a jamais reçu d'impression? il n'a jamais été troublé au nom et à la vue de ceux qui vous adoroient? Non, me dit-elle, je ne connois aucun des sentimens de l'amour. Quoi! pas même la jalousie? lui dis-je. Non, pas même la jalousie, me répliqua-t-elle. Ah! si cela est, madame, lui répondis-je, je suis persuadé que vous n'avez jamais eu d'inclination pour personne. Il est vrai, reprit-elle, personne ne m'a jamais plu; et je n'ai pas même trouvé d'esprit qui me fût agréable et qui eût du rapport avec le mien. Je ne sais quel effet me firent les paroles de Belasire : je ne sais si j'en étois déjà amoureux sans le savoir; mais l'idée d'un cœur fait comme le sien, qui n'avoit jamais reçu d'impression, me parut une chose si admirable et si nouvelle, que je fus frappé dans ce moment du désir de lui plaire, et d'avoir la gloire de toucher ce cœur que tout le monde croyoit insensible. Je ne fus

plus cet homme que avoit commencé à
parler sans dessein : je repassai dans mon
esprit tout ce qu'elle venoit de me dire. Je
crus que lorsqu'elle m'avoit dit qu'elle n'a-
voit trouvé personne qui lui eût plu, j'avois
vu dans ses yeux qu'elle m'en avoit excepté:
enfin, j'eus assez d'espérance pour achever
de me donner de l'amour; et dès ce moment je devins plus amoureux de Belasire
que je ne l'avois été d'aucune autre. Je ne
vous redirai point comment j'osai lui déclarer que je l'aimois : j'avois commencé
à lui parler par une espèce de raillerie : il
étoit difficile de lui parler sérieusement ;
mais aussi cette raillerie me donna bientôt
lieu de lui dire des choses que je n'aurois
osé lui dire de long-temps. Ainsi, j'aimai
Belasire, et je fus assez heureux pour toucher son inclination ; mais je ne le fus pas
assez pour lui persuader mon amour. Elle
avoit une défiance naturelle de tous les
hommes : quoiqu'elle m'estimât beaucoup
plus que tous ceux qu'elle avoit jamais vus,
et par conséquent plus que je ne méritois,
elle n'ajoutoit pas foi à mes paroles. Elle
eut néanmoins avec moi un procédé tout
différent de celui des autres femmes ; et
j'y trouvai quelque chose de si noble et

de si sincère, que j'en fus surpris. Elle ne demeura pas long-temps sans m'avouer l'inclination qu'elle avoit pour moi : elle m'apprit ensuite le progrès que je faisois dans son cœur ; mais comme elle ne me cachoit point ce qui m'étoit avantageux, elle m'aprenoit aussi ce qui ne m'étoit pas favorable. Elle me dit qu'elle ne croyoit pas que je l'aimasse véritablement ; et que tant qu'elle ne seroit pas mieux persuadée de mon amour, elle ne consentiroit jamais à m'épouser. Je ne vous saurois exprimer la joie que je trouvois à toucher ce cœur qui n'avoit jamais été touché, et à voir l'embarras et le trouble qu'y apportoit une passion qui lui étoit inconnue. Quel charme c'étoit pour moi de connoître l'étonnement qu'avoit Belasire de n'être plus maîtresse d'elle-même, et de se trouver des sentimens sur lesquels elle n'avoit point de pouvoir ! Je goûtai, dans ces commencemens, des délices que je n'avois pas imaginées ; et qui n'a point senti le plaisir de donner une violente passion à une personne qui n'en a jamais eu, même de médiocre, peut dire qu'il ignore les véritables plaisirs de l'amour. Si j'eus de sensibles joies, par la connoissance de l'inclination que Belasire

avoit pour moi, j'eus aussi de cruels chagrins, par le doute où elle étoit de ma passion, et par l'impossibilité qui me paroissoit à l'en persuader. Lorsque cette pensée
me donnoit de l'inquiétude, je rappelois
les sentimens que j'avois eus sur le mariage:
je trouvois que j'allois tomber dans des malheurs que j'avois tant appréhendés : je pensois que j'aurois la douleur de ne pouvoir
assurer Belasire de l'amour que j'avois pour
elle ; ou que, si je l'en assurois, et qu'elle
m'aimât véritablement, je serois exposé au
malheur de cesser d'être aimé. Je me disois
que le mariage diminueroit l'attachement
qu'elle avoit pour moi ; qu'elle ne m'aimeroit plus que par devoir ; qu'elle en aimeroit peut-être quelque autre : enfin, je me
représentois tellement l'horreur d'en être
jaloux, que, quelque estime et quelque
passion que j'eusse pour elle, je me déci-
dois presque à abandonner l'entreprise que
j'avois faite ; et je préférois le malheur de
vivre sans Belasire, à celui de vivre avec
elle sans en être aimé. Belasire avoit à peu
près des incertitudes pareilles aux miennes;
elle ne me cachoit pas plus ses sentimens,
que je ne lui cachois les miens. Nous par-
lions des raisons que nous avions de ne nous

point engager : nous résolûmes plusieurs
fois de rompre notre attachement : nous
nous dîmes adieu, dans la pensée d'exécuter nos résolutions ; mais nos adieux
étoient si tendres, et notre inclination si
forte, qu'aussitôt que nous nous étions
quittés, nous ne pensions plus qu'à nous
revoir. Enfin, après bien des irrésolutions
de part et d'autre, je surmontai les doutes
de Belasire ; elle rassura tous les miens ;
elle me promit qu'elle consentiroit à notre
mariage, sitôt que ceux dont nous dépen-
dions auroient réglé ce qui étoit nécessaire
pour l'achever. Son père fut obligé de partir avant que de le pouvoir conclure ; le
roi l'envoya sur la frontière signer un
traité avec les Maures, et nous fûmes con-
traints d'attendre son retour. J'étois cependant le plus heureux homme du monde ;
je n'étois occupé que de l'amour que j'avois
pour Belasire : j'en étois passionnément
aimé ; je l'estimois plus que toutes les
femmes du monde, et je me croyois sur
le point de la posséder.

Je la voyois avec toute la liberté que
devoit avoir un homme qui l'alloit bientôt
épouser. Un jour, mon malheur fit que je
la priai de me dire tout ce que ses amans

avoient fait pour elle. Je prenois plaisir à
voir la différence du procédé qu'elle avoit
eu avec eux, d'avec celui qu'elle avoit
avec moi. Elle me nomma tous ceux qui
l'avoient aimé, elle me conta tout ce qu'ils
avoient fait pour lui plaire : elle me dit
que ceux qui avoient eu plus de persévérance, étoient ceux pour qui elle avoit
eu plus d'éloignement ; et que le comte
de Lare, qui l'avoit aimée jusqu'à sa mort,
ne lui avoit jamais plu. Je ne sais pourquoi, après ce qu'elle me disoit, j'eus plus
de curiosité pour ce qui regardoit le
comte de Lare, que pour les autres. Cette
longue persévérance me frappa l'esprit :
je la priai de me redire encore tout ce
qui s'étoit passé entre eux : elle le fit ; et
quoiqu'elle ne me dît rien qui me dût déplaire, je fus touché d'une espèce de jalousie. Je trouvai que si elle ne lui avoit
pas témoigné de l'inclination, au moins
elle lui avoit témoigné beaucoup d'estime.
Le soupçon m'entra dans l'esprit qu'elle
ne me disoit pas tous les sentimens qu'elle
avoit eus pour lui. Je ne voulus point lui
témoigner ce que je pensois : je me reti-
rai chez moi plus chagrin que de coutume :
je dormis peu, et je n'eus point de repos

que je ne la visse le lendemain, et que je ne lui fisse encore raconter tout ce qu'elle m'avoit dit le jour précédent. Il étoit impossible qu'elle m'eût conté d'abord toutes les circonstances d'une passion qui avoit duré plusieurs années : elle me dit des choses qu'elle ne m'avoit pas encore dites; je crus qu'elle avoit eu dessein de me les cacher. Je lui fis mille questions, et je lui demandai à genoux de me répondre avec sincérité. Mais quand ce qu'elle me répondoit étoit comme je le pouvois désirer, je croyois qu'elle ne me parloit ainsi que pour me plaire : si elle me disoit des choses un peu avantageuses pour le comte de Lare, je croyois qu'elle m'en cachoit bien davantage : enfin, la jalousie, avec toutes les horreurs qui l'accompagnent, se saisit de mon esprit. Je ne lui donnois plus de repos; je ne pouvois plus lui témoigner ni passion ni tendresse; j'étois incapable de lui parler d'autre chose que du comte de Lare : j'étois pourtant au désespoir de l'en faire souvenir, et de remettre dans sa mémoire tout ce qu'il avoit fait pour elle. Je voulois ne lui en plus parler, mais je trouvois toujours que j'avois oublié de me faire

expliquer quelque circonstance ; et sitôt
que j'avois commencé la conversation
c'étoit pour moi un labyrinthe, je n'en
sortois plus, et j'étois également désespéré de lui parler du comte de Lare, ou
de ne lui en parler pas.

Je passois les nuits entières sans dor-
mir ; Belasire ne me paroissoit plus la
même personne. Quoi ! disois-je, c'est ce
qui a fait le charme de ma passion, que de
croire que Belasire n'a jamais rien aimé,
et qu'elle n'a jamais eu d'inclination pour
personne ; cependant, partout ce qu'elle
me dit elle-même, il faut qu'elle n'ait pas
eu d'aversion pour le comte de Lare. Elle
lui a témoigné trop d'estime, et elle l'a
traité avec trop de civilité : si elle ne l'a-
voit point aimé, elle l'auroit haï, par
la longue persécution qu'il lui a faite, et
qu'il lui a fait faire par ses parens. Non,
disois-je, Belasire, vous m'avez trompé,
vous n'étiez point telle que je vous ai
crue ; c'étoit comme une personne qui n'a-
voit jamais rien aimé, que je vous ai adorée ; c'étoit le fondement de ma passion ;
je ne le trouve plus, il est juste que je
reprenne tout l'amour que j'ai eu pour
vous. Mais si elle me dit vrai, reprenois-

e, quelle injustice ne lui fais-je pas ! et quel mal ne me fais-je point à moi-même de m'ôter tout le plaisir que je trouvois à être aimé d'elle !

Dans ces sentimens, je prenois la résolution de parler encore une fois à Belaire : il me sembloit que je lui dirois mieux que je n'avois fait, ce qui me causoit de la peine, et que je m'éclaircirois avec elle d'une manière qui ne me laisseroit plus de soupçon. Je faisois ce que j'avois résolu : je lui parlois, mais ce n'étoit pas pour la dernière fois ; et le lendemain, je reprenois le même discours avec plus de chaleur que le jour précédent. Enfin, Belaire, qui avoit eu jusqu'alors une patience et une douceur admirables, qui avoit souffert tous mes soupçons, et qui avoit travaillé à me les ôter, commença à se lasser de la persévérance d'une jalousie si violente et si mal fondée.

Alphonse, me dit-elle un jour, je vois bien que le caprice que vous avez dans l'esprit, va détruire la passion que vous aviez pour moi ; mais il faut que vous sachiez aussi qu'elle détruira infailliblement celle que j'ai pour vous. Considérez, je vous en conjure, sur quoi vous me tour-

mentez, et sur quoi vous vous tourmentez
vous-même, sur un homme mort, que vous
ne sauriez croire que j'aie aimé, puisque
je ne l'ai pas épousé : car si je l'avois aimé
mes parens vouloient notre mariage, e
rien ne s'y opposoit. Il est vrai, madame
lui répondis-je, je suis jaloux d'un mort
et c'est ce qui me désespère. Si le comte
de Lare étoit vivant, je jugerois, par la
manière dont vous seriez ensemble, do
celle dont vous y auriez été ; et ce que vous
faites pour moi, me convaincroit que vous
ne l'aimeriez pas. J'aurois le plaisir, en
vous épousant, de lui ôter l'espérance que
vous lui aviez donnée, quoi que vous me
puissiez dire ; mais il est mort, et il est
peut-être mort persuadé que vous l'auriez
aimé, s'il avoit vécu. Ah ! madame, je ne
saurois être heureux, toutes les fois que
je penserai qu'un autre que moi a pu se
flatter d'être aimé de vous. Mais, Alphonse, me dit-elle encore, si je l'avois
aimé, pourquoi ne l'aurois-je pas épousé ?
Parce que vous ne l'avez pas assez aimé,
madame, lui répliquai-je, et que la répugnance que vous aviez pour le mariage
ne pouvoit être surmontée par une inclination médiocre. Je sais bien que vous

m'aimez davantage que vous n'avez aimé
le comte de Lare ; mais, pour peu que
vous l'ayez aimé, tout mon bonheur est
détruit : je ne suis plus le seul homme qui
vous ait charmé : je ne suis plus que le
premier qui vous ai fait connoître l'amour :
votre cœur a été touché par d'autres sentimens que ceux que je lui ai donnés. Enfin, madame, ce n'est plus ce qui m'avoit
rendu le plus heureux homme du monde ;
et vous ne me paroissez plus du même prix
dont je vous ai trouvée d'abord. Mais, Alphonse, me dit-elle, comment avez-vous
pu vivre en repos avec celles que vous avez
aimées ? Je voudrois bien savoir si vous
avez trouvé en elles un cœur qui n'eût jamais senti de passion. Je ne l'y cherchois
pas, madame, lui répliquai-je, et je n'a-
vois pas espéré de l'y trouver : je ne les
avois point regardées comme des personnes incapables d'en aimer d'autres que
moi : je m'étois contenté de croire qu'elles
m'aimoient beaucoup plus que tous ceux
qu'elles avoient aimés ; mais pour vous,
madame, ce n'est pas de même : je vous
ai toujours regardée comme une personne
au-dessus de l'amour, et qui ne l'auroit
jamais connu sans moi. Je me suis trouvé

3

heureux et glorieux tout ensemble d'avoir
pu faire une conquête si extraordinaire :
par pitié, ne me laissez plus dans l'incertitude où je suis : si vous m'avez caché
quelque chose sur le comte de Lare, avouez-
le moi : le mérite de l'aveu et votre sincérité me consoleront peut-être de ce que
vous m'avouerez : éclaircissez mes soupçons ; et ne me laissez pas vous donner un
plus grand prix que je ne dois, ou moindre
que vous ne méritez. Si vous n'aviez point
perdu la raison, me dit Belasire, vous
verriez bien que, puisque je ne vous ai
pas persuadé, je ne vous persuaderai pas :
mais si je pouvois ajouter quelque chose
à ce que je vous ai déjà dit, ce ne seroit
qu'une marque infaillible que je n'ai pas
eu d'inclination pour le comte de Lare,
et de vous en assurer comme je fais. Si je
l'avois aimé, il n'y auroit rien qui pût me
le faire désavouer : je croirois faire un
crime de renoncer à des sentimens que
j'aurois eus pour un homme mort qui les
auroit mérités. Ainsi, Alphonse, soyez
assuré que je n'en ai point eu qui vous
puisse déplaire. Persuadez-le moi donc,
madame, m'écriai-je : dites-le moi mille
fois de suite, écrivez-le moi : enfin, re-

donnez-moi le plaisir de vous aimer comme je faisois, et surtout pardonnez-moi le tourment que je vous donne. Je me fais plus de mal qu'à vous; et si l'état où je suis pouvoit se rachetter, je le rachetterois par la perte de ma vie.

Ces dernières paroles firent de l'impression sur Belasire: elle vit bien qu'en effet je n'étois plus le maître de mes sentimens: elle me promit d'écrire tout ce qu'elle avoit pensé et tout ce qu'elle avoit fait pour le comte de Lare; et quoique ce fussent des choses qu'elle m'avoit déja dites mille fois, j'eus du plaisir de m'imaginer que je les verrois écrites de sa main. Le jour suivant, elle m'envoya ce qu'elle m'avoit promis: j'y trouvai une narration fort exacte de ce que le comte de Lare avoit fait pour lui plaire et de tout ce qu'elle avoit fait pour le guérir de sa passion, avec toutes les raisons qui pouvoient me persuader que ce qu'elle me disoit étoit véritable. Cette narration étoit faite d'une manière qui devoit me guérir de tous mes caprices; mais elle produisit un effet contraire. Je commençai par être en colère contre moi-même d'avoir obligé Belasire à employer tant de temps à penser au comte de Lare. Les en-

droits de son récit où elle entroit dans le
détail, m'étoient insupportables : je trouvois qu'elle avoit bien de la mémoire pour
les actions d'un homme qui lui avoit été
indifférent. Ceux qu'elle avoit passés légè-
rement me persuadoient qu'il y avoit des
choses qu'elle ne m'avoit osé dire : enfin
je fis du poison de tout ; et je vins voir
Belasire plus désespéré et plus en colère
que je ne l'avois jamais été. Elle qui savoit
combien j'avois sujet d'être satisfait, fut
offensée de me voir si injuste ; elle me le
fit connoître avec plus de force qu'elle ne
l'avoit encore fait. Je m'excusai le mieux
que je pus, tout en colère que j'étois. Je
voyois bien que j'avois tort ; mais il ne dé-
pendoit pas de moi d'être raisonnable. Je
lui dis que ma grande délicatesse sur les
sentimens qu'elle avoit eus pour le comte
de Lare, étoit une marque de la passion
et de l'estime que j'avois pour elle ; et que
ce n'étoit que par le prix infini que je donnois à son cœur, que je craignois si fort
qu'un autre n'en eût touché la moindre
partie : enfin je dis tout ce que je pus m'imaginer pour rendre ma jalousie plus excu-
sable. Belasire n'approuva point mes raisons : elle me dit que de légers chagrins

pouvoient être produits par ce que je venois de lui dire ; mais qu'un caprice si long
ne pouvoit venir que du défaut et du déréglement de mon humeur ; que je lui faisois peur pour la suite de sa vie ; et que si
je continuois, elle seroit obligée de changer de sentimens. Ces menaces me firent
trembler : je me jetai à ses genoux, je l'assurai que je ne lui parlerois plus de mon
chagrin, et je crus moi-même pouvoir en
être le maître ; mais ce ne fut que pour
quelques jours. Je recommençai bientôt à
la tourmenter : je lui redemandai souvent
pardon ; mais souvent aussi je lui fis voir
que je croyois toujours qu'elle avoit aimé
le comte de Lare, et que cette pensée me
rendroit éternellement malheureux.

Il y avoit déjà long-temps que j'étois lié
d'une amitié particulière avec un homme
de qualité, appelé don Manrique. C'étoit
un des hommes du monde qui avoient le
plus de mérite et d'agrément. La liaison
qui étoit entre nous, en avoit fait une très-
grande entre Belasire et lui : leur amitié
ne m'avoit jamais déplu ; au contraire,
j'avois pris plaisir à l'augmenter. Il s'étoit
aperçu plusieurs fois du chagrin que j'avois
depuis quelque temps. Quoique je n'eusse

*

rien de caché pour lui, la honte de mon
caprice m'avoit empêché de le lui avouer.
Il vint chez Belasire un jour que j'étois encore plus déraisonnable que je n'avois accoutumé, et qu'elle étoit aussi plus lasse qu'à
l'ordinaire de ma jalousie. Don Manrique
connut, à l'altération de nos visages, que
nous avions quelque démêlé. J'avois toujours prié Belasire de ne lui point parler
de ma foiblesse : je lui fis encore la même
prière quand il entra ; mais elle voulut
m'en faire honte, et sans me donner le
loisir de m'y opposer, elle dit à don Manrique ce qui faisoit mon chagrin. Il en
parut si étonné, il le trouva si mal fondé,
et il m'en fit tant de reproches, qu'il acheva
de troubler ma raison. Jugez, seigneur,
si elle fut troublée, et quelle disposition
j'avois à la jalousie. Il me parut que, de
la manière dont m'avoit condamné don
Manrique, il falloit qu'il fût prévenu pour
Belasire. Je voyois bien que je passois les
bornes de la raison ; mais je ne croyois pas
aussi qu'on me dût condamner entièrement, à moins que d'être amoureux de
Belasire. Je m'imaginai alors que don Manrique l'étoit, il y avoit déjà long-temps, et
que je lui paroissois si heureux d'en être

aimé, qu'il ne trouvoit pas que je me dusse plaindre, quand elle en auroit aimé un autre : je crus même que Belasire s'étoit bien aperçu que don Manrique avoit pour elle plus que de l'amitié : je pensai qu'elle étoit bien aise d'être aimée (comme le sont d'ordinaire toutes les femmes); et sans la soupçonner de me faire une infidélité, je fus jaloux de l'amitié qu'elle avoit pour un homme que je croyois son amant. Belasire et don Manrique, qui me voyoient si troublé et si agité, étoient bien éloignés de juger ce qui causoit le désordre de mon esprit. Ils tâchèrent de me remettre, par toutes les raisons dont ils pouvoient s'aviser ; mais tout ce qu'ils me disoient, achevoit de me troubler et de m'aigrir. Je les quittai ; et quand je fus seul, je me représentai le nouveau malheur que je croyois avoir, infiniment au-dessus de celui que j'avois eu. Je connus alors que j'avois été déraisonnable de craindre un homme qui ne me pouvoit plus faire de mal. Je trouvai que don Manrique m'étoit redoutable de toutes façons : il étoit aimable ; Belasire avoit beaucoup d'estime et d'amitié pour lui ; elle étoit accoutumée à le voir ; elle étoit lasse de mes chagrins et de mes ca

prices : il me sembloit qu'elle cherchoit à
s'en consoler avec lui, et qu'insensiblement
elle lui donneroit la place que j'occupois
dans son cœur : enfin, je fus plus jaloux de
don Manrique, que je ne l'avois été du
comte de Lare. Je savois bien qu'il étoit
amoureux d'une autre personne, il y avoit
long-temps ; mais cette personne étoit si
inférieure en toutes choses à Belasire, que
cet amour ne me rassuroit pas. Comme
ma destinée vouloit que je ne pusse m'a-
bandonner entièrement à mon caprice, et
qu'il me restât toujours assez de raison pour
me laisser dans l'incertitude, je ne fus pas
si injuste que de croire que don Manrique
travaillât à m'ôter Belasire. Je m'imaginai
qu'il en étoit devenu amoureux, sans s'en
être aperçu et sans le vouloir : je pensai
qu'il essayoit de combattre sa passion, à
cause de notre amitié ; et qu'encore qu'il
n'en dît rien à Belasire, il lui laissoit voir
qu'il l'aimoit sans espérance. Il me parut
que je n'avois pas sujet de me plaindre de
don Manrique, puisque je croyois que ma
considération l'avoit empêché de se déclarer. Enfin, je trouvai que, comme j'avois
été jaloux d'un homme mort, sans savoir
si je le devois être, j'étois jaloux de mon

ami, et que je le croyois mon rival, sans croire avoir sujet de le haïr. Il seroit inutile de vous dire ce que des sentimens aussi extraordinaires que les miens me firent souffrir, et il est aisé de se l'imaginer. Lorsque je vis don Manrique, je lui fis des excuses de lui avoir caché mon chagrin sur le sujet du comte de Lare; mais je ne lui dis rien de ma nouvelle jalousie; je n'en dis rien aussi à Belasire, de peur que la connoissance qu'elle en auroit, n'achevât de l'éloigner de moi. Comme j'étois toujours persuadé qu'elle m'aimoit beaucoup, je croyois que si je pouvois obtenir de moi-même de ne lui plus paroître déraisonnable, elle ne m'abandonneroit pas pour don Manrique: ainsi, l'intérêt même de ma jalousie m'obligeoit à la cacher. Je demandai encore pardon à Belasire, et je l'assurai que la raison m'étoit entièrement revenue. Elle fut bien aise de me voir dans ces sentimens, quoiqu'elle pénétrât aisément, par la grande connoissance qu'elle avoit de mon humeur, que je n'étois pas si tranquille que je le voulois paroître.

Don Manrique continua de voir Belasire comme il avoit accoutumé, et même davantage, à cause de la confidence qu'elle

lui avoit faite de ma jalousie. Comme Belasire avoit vu que j'avois été offensé qu'elle
lui en eût parlé, elle ne lui en parloit plus
en ma présence ; mais quand elle s'aper-
cévoit que j'étois chagrin, elle s'en plai-
gnoit à lui, et le prioit de lui aider à me
guérir. Mon malheur voulut que je m'a-
perçusse deux ou trois fois qu'elle avoit
cessé de parler à don Manrique lorsque
j'étois entré. Jugez ce qu'une pareille chose
pouvoit produire dans un esprit aussi jaloux que le mien : néanmoins je voyois tant
de tendresse pour moi dans le cœur de Belasire, et il me paroissoit qu'elle avoit tant
de joie lorsqu'elle me voyoit l'esprit en repos, que je ne pouvois croire qu'elle aimât
assez don Manrique pour être en intelligence avec lui. Je ne pouvois croire aussi
que don Manrique, qui ne songeoit qu'à
empêcher que je ne me brouillasse avec
elle, songeât à s'en faire aimer. Je ne pouvois donc démêler quels sentimens il avoit
pour elle, ni quels étoient ceux qu'elle
avoit pour lui. Je ne savois même très-
souvent quels étoient les miens : enfin, j'é-
tois dans le plus misérable état où un
homme ait jamais été. Un jour que j'étois
entré lorsqu'elle parloit bas à don Manri-

que, il me parut qu'elle ne s'étoit pas sou-
ciée que je visse qu'elle lui parloit : je me
souvins alors qu'elle m'avoit dit plusieurs
fois, pendant que je la persécutois sur le
sujet du comte de Lare, qu'elle me donneroit de la jalousie d'un homme vivant,
pour me guérir de celle d'un homme mort.
Je crus que c'étoit pour exécuter cette
menace, qu'elle traitoit si bien don Manrique, et qu'elle me laissoit voir qu'elle
avoit des secrets avec lui. Cette pensée di-
minua le trouble où j'étois. Je fus encore
quelques jours sans lui en rien dire ; mais
enfin je me résolus de lui en parler.

J'allai la trouver dans cette intention ;
et me rejetant à genoux devant elle : Je
veux bien vous avouer, madame, lui dis-
je, que le dessein que vous avez eu de me
tourmenter, a réussi. Vous m'avez donné
toute l'inquiétude que vous pouviez souhaiter ; et vous m'avez fait sentir, comme
vous me l'aviez promis tant de fois, que
la jalousie qu'on a des vivans, est plus
cruelle que celle qu'on peut avoir des
morts. Je méritois d'être puni de ma folie ;
mais je ne le suis que trop, et si vous sa-
viez ce que j'ai souffert des choses même
que j'ai cru que vous faisiez à dessein ,

vous verriez bien que vous me rendriez aisément malheureux, quand vous le voudriez. Que voulez-vous dire, Alphonse? me répartit-elle : vous croyez que j'ai pensé à vous donner de la jalousie; et ne savez-vous pas que j'ai été trop affligée de celle que vous avez eue malgré moi, pour avoir envie de vous en donner? Ah! madame, lui dis-je, ne continuez pas davantage à me donner de l'inquiétude : encore une fois, j'ai assez souffert; et quoique j'aie bien vu que la manière dont vous vivez avec don Manrique, n'étoit que pour exécuter les menaces que vous m'aviez faites, je n'ai pas laissé d'en avoir une douleur mortelle. Vous avez perdu la raison, Alphonse, répliqua Belasire, ou vous voulez me tourmenter à dessein, comme vous dites que je vous tourmente. Vous ne me persuaderez pas que vous puissiez croire que j'aie pensé à vous donner de la jalousie, et vous ne me persuaderez pas aussi que vous en ayez pu prendre. Je voudrois, ajouta-t-elle en me regardant, qu'après avoir été jaloux d'un homme mort que je n'ai pas aimé, vous le fussiez d'un homme vivant qui ne m'aime pas. Quoi! madame, lui répondis-je, vous n'avez pas eu l'intention de me rendre jaloux de don Manrique! — Vous suivez simplement votre inclination en le traitant comme vous faites! — Ce n'est pas pour me donner du soupçon que vous avez cessé de lui parler bas, ou que vous avez changé de discours quand je me suis approché de vous! Ah! madame, si cela est, je suis bien plus malheureux que je ne pense, et je suis même le plus malheureux homme du monde. Vous n'êtes pas le plus malheureux homme du monde, reprit Belasire, mais vous êtes le plus déraisonnable; et si je suivois ma raison, je romprois avec vous, et je ne vous verrois de ma vie. Mais est-il possible, Alphonse, ajouta-t-elle, que vous soyez jaloux de don Manrique? Et comment ne le serois-je pas, madame, lui dis-je, quand je vois que vous avez avec lui une intelligence que vous me cachez? Je vous la cache, me répondit-elle, parce que vous vous offensâtes lorsque je lui parlai de votre bizarrerie, et que je n'ai pas voulu que vous vissiez que je lui parlois encore de vos chagrins et de la peine que j'en souffre. Quoi! madame, vous vous plaignez de mon humeur à mon rival, et vous trouvez que j'ai tort d'être jaloux? Je m'en plains à votre ami,

4

répliqua-t-elle, mais non pas à votre rival.
Don Manrique est mon rival, répartis-je,
et je ne crois pas que vous puissiez vous
défendre de l'avouer : et moi, dit-elle, je
ne crois pas que vous m'osiez dire qu'il le
soit, sachant, comme vous faites, qu'il
passe des jours entiers à ne me parler que de
vous. Il est vrai, lui dis-je, que je ne soupçonne pas don Manrique de travailler à
me détruire; mais cela n'empêche pas qu'il
ne vous aime : je crois même qu'il ne vous
le dit pas encore; mais de la manière dont
vous le traitez, il vous le dira bientôt, et
les espérances que votre procédé lui fait
concevoir, le feront passer aisément sur
les scrupules que notre amitié lui donnoit.
Peut-on avoir perdu la raison au point que
vous l'avez perdue? me répondit Belasire;
songez-vous bien à vos paroles? Vous dites
que don Manrique me parle de vous, qu'il
est amoureux de moi, et qu'il ne me parle
point pour lui : où pouvez-vous prendre
des choses si peu vraisemblables? N'est-il
pas vrai que vous croyez que je vous aime,
et que vous croyez que don Manrique
vous aime aussi? Il est vrai, lui répondis-
je, que je crois l'un et l'autre. Et si vous
le croyez, s'écria-t-elle, comment pouvez-

vous vous imaginer que je vous aime, et que j'aime don Manrique? que don Manrique m'aime, et qu'il vous aime encore? Alphonse, vous me donnez un déplaisir mortel en me faisant connoître le dérèglement de votre esprit; je vois bien que c'est un mal incurable, et qu'il faudroit qu'en me décidant à vous épouser, je me décidasse en même temps à être la plus malheureuse personne du monde. Je vous aime assurément beaucoup, mais non pas assez pour vous acheter à ce prix. Les jalousies des amans ne sont que fâcheuses, mais celles des maris sont fâcheuses et offensantes. Vous me faites voir si clairement tout ce que j'aurois à souffrir si je vous avois épousé, que je ne crois pas que je vous épouse jamais. Je vous aime trop pour n'être pas sensiblement touchée de voir que je ne passerai pas ma vie avec vous comme je l'avois espéré : laissez-moi seule, je vous en conjure; vos paroles et votre vue ne feroient qu'augmenter ma douleur.

A ces mots, elle se leva, sans vouloir m'entendre, et s'en alla dans son cabinet dont elle ferma la porte, sans la r'ouvrir, quelque prière que je lui en fisse. Je fus contraint de m'en aller chez moi, si désespéré et si incertain de mes sentimens, que je m'étonne que je n'en perdis pas le peu de raison qui me restoit. Je revins dès le lendemain voir Belasire ; je la trouvai triste et affligée : elle me parla sans aigreur, et même avec bonté, mais sans me rien dire qui dût me faire craindre qu'elle voulût m'abandonner. Il me parut qu'elle essayoit d'en prendre la résolution. Comme on se flatte aisément, je crus qu'elle ne demeureroit pas dans les sentimens où je la voyois : je lui demandai pardon de mes caprices, comme j'avois déjà fait cent fois ; je la priai de n'en rien dire à don Manrique, et je la conjurai à genoux de changer de conduite avec lui, et de ne le plus traiter assez bien pour me donner de l'inquiétude. Je ne dirai rien de votre folie à don Manrique, me dit-elle ; mais je ne changerai rien à la manière dont je vis avec lui. S'il avoit de l'amour pour moi, je ne le verrois de ma vie, quand même vous n'en auriez pas d'inquiétude ; mais il n'y a que de l'amitié ; vous savez même qu'il a de l'amour pour une autre : je l'estime, je l'aime. Vous avez consenti que je l'aimasse : il n'y a donc que de la folie et du déréglement dans le chagrin qu'il vous donne ; mais si je vous satisfaisois, vous seriez bientôt pour quelque autre comme vous êtes pour lui. C'est pourquoi ne vous opiniâtrez pas à me faire changer de conduite, car assurément je n'en changerai point. Je veux croire, lui répondis-je, que tout ce que vous me dites est véritable, et que vous ne croyez point que don Manrique vous aime ; mais je le crois, madame, et c'est assez. Je sais bien que vous n'avez que de l'amitié pour lui ; mais c'est une sorte d'amitié si tendre et si pleine de confiance, d'estime et d'agrément, que quand elle ne pourroit jamais devenir de l'amour, j'aurois sujet d'en être jaloux, et de craindre qu'elle n'occupât trop votre cœur. Le refus que vous venez de me faire de changer de conduite avec lui, me fait voir que c'est avec raison qu'il m'est redoutable. Pour vous montrer, me dit-elle, que le refus que je vous fais ne regarde pas don Manrique, et qu'il ne regarde que votre caprice, c'est que, si vous me demandiez de ne plus voir l'homme du monde que je méprise le plus, je vous le refuserois comme je vous refuse de cesser d'avoir de l'amitié pour don Manrique. Je le crois, madame, lui répondis-je ; mais ce n'est pas

*

de l'homme du monde que vous méprisez
le plus, que j'ai de la jalousie, c'est d'un
homme que vous aimez assez pour le pré-
férer à mon repos. Je ne vous soupçonne
pas de foiblesse ni de changement; mais
j'avoue que je ne puis souffrir qu'il y ait
des sentimens de tendresse dans votre cœur
pour un autre que pour moi. J'avoue aussi
que je suis blessé de voir que vous ne
haissez pas don Manrique, encore que
vous connoissiez bien qu'il vous aime, et
qu'il me semble que ce n'étoit qu'à moi
seul qu'étoit dû l'avantage de vous avoir
aimée sans être haï : aussi, madame, ac-
cordez-moi ce que je vous demande, et
considérez combien ma jalousie est éloignée de vous devoir offenser. J'ajoutai à
ces paroles toutes celles dont je pus m'a-
viser pour obtenir ce que je souhaitois :
cela me fut entièrement impossible.

Il se passa beaucoup de temps, pendant lequel je devins toujours plus jaloux
de don Manrique. J'eus le pouvoir sur
moi de le lui cacher : Belasire eut la sagesse de ne lui en rien dire; et elle lui fit
croire que mon chagrin venoit encore de
ma jalousie du comte de Lare. Cependant
elle ne changea point de procédé avec

don Manrique. Comme il ignoroit mes sentimens, il vécut aussi avec elle comme il avoit accoutumé : ainsi, ma jalousie ne fit qu'augmenter, et vint à un tel point, que j'en persécutois continuellement Bélasire.

Après que cette persécution eut duré long-temps, et que cette belle personne eut en vain essayé de me guérir de mon caprice, on me dit pendant deux jours qu'elle se trouvoit mal, et qu'elle n'étoit pas même en état que je la visse. Le troisième, elle m'envoya chercher. Je la trouvai fort abattue, et je crus que c'étoit sa maladie. Elle me fit asseoir auprès d'un petit lit, sur lequel elle étoit couchée ; et après avoir demeuré quelques momens sans parler : Alphonse, me dit-elle, je pense que vous voyez bien, il y a long-temps, que j'essaye de prendre la résolution de me détacher de vous. Quelques raisons qui m'y dussent obliger, je ne crois pas que je l'eusse pu faire, si vous ne m'en eussiez donné la force, par les bizarreries extraordinaires que vous m'avez fait paroître. Si ces bizarreries n'avoient été que médiocres, et que j'eusse pu croire qu'il eût été possible de vous en guérir par une

bonne conduite, quelque austère qu'elle
eût été, la passion que j'ai pour vous me
l'eût fait embrasser avec joie : mais comme je vois que le déréglement de votre
esprit est sans remède, et que, lorsque
vous ne trouvez point de sujets de vous
tourmenter, vous vous en faites sur des
choses qui n'ont jamais été, et sur d'autres qui ne seront jamais ; je suis contrainte, pour votre repos et pour le mien,
de vous apprendre que je suis absolument
résolue de rompre avec vous, et de ne
vous point épouser. Je vous dis encore
dans ce moment, qui sera le dernier où
nous aurons une conversation particulière, que je n'ai jamais eu d'inclination pour
personne que pour vous, et que vous seul
étiez capable de me donner de la passion.
Mais puisque vous m'avez confirmée dans
l'opinion que j'avois qu'on ne peut être
heureux en aimant quelqu'un ; vous, que
j'ai trouvé le seul homme digne d'être
aimé, soyez persuadé que je n'aimerai
personne, et que les impressions que vous
avez faites dans mon cœur, sont les seules
qu'il avoit reçues et les seules qu'il rece-
vra jamais. Je ne veux pas même que
vous puissiez penser que j'aie trop d'ami-

tié pour don Manrique : je n'ai refusé de changer de conduite avec lui, que pour voir si la raison ne vous reviendroit point, et pour me donner lieu de me redonner à vous, si j'eusse connu que votre esprit eût été capable de se guérir. Je n'ai pas été assez heureuse : c'étoit la seule raison qui m'a empêchée de vous satisfaire. Cette raison est détruite : je vous sacrifie don Manrique, je viens de le prier de ne me voir jamais. Je vous demande pardon de lui avoir découvert votre jalousie; mais je ne pouvois faire autrement, et notre rupture la lui auroit toujours apprise. Mon père arriva hier au soir : je lui ai dit ma résolution : il est allé à ma prière, l'apprendre au vôtre. Ainsi, Alphonse, ne songez point à me faire changer : j'ai fait ce qui pouvoit confirmer mon dessein avant de vous le déclarer : j'ai retardé autant que j'ai pu, et peut-être plus pour l'amour de moi que pour l'amour de vous : croyez que personne ne sera jamais si uniquement ni si fidèlement aimé que vous l'avez été.

Je ne sais si Belasire continua de parler; mais comme mon saisissement avoit été si grand d'abord qu'elle eut commen-

cé, qu'il m'avoit été impossible de l'interrompre, les forces me manquèrent aux
dernières paroles que je viens de vous
dire : je m'évanouis, et je ne sais ce que
firent Belasire ni ses gens ; mais quand je
revins, je me trouvai dans mon lit, et don
Manrique auprès de moi, avec toutes les
actions d'un homme aussi désespéré que
je l'étois.

Lorsque tout le monde se fut retiré, il
n'oublia rien pour se justifier des soupçons
que j'avois de lui, et pour me témoigner
son désespoir d'être la cause innocente de
mon malheur. Comme il m'aimoit fort,
il étoit en effet extraordinairement touché
de l'état où j'étois. Je tombai malade, et
ma maladie fut violente : je connus bien
alors, mais trop tard, les injustices que
j'avois faites à mon ami ; je le conjurai de
me les pardonner, et de voir Belasire
pour lui demander pardon de ma part, et
pour tâcher de la fléchir. Don Manrique
alla chez elle ; on lui dit qu'on ne pouvoit
la voir : il y retourna tous les jours pendant ma maladie, mais aussi inutilement ;
j'y allai moi-même, sitôt que je pus marcher : on me dit la même chose ; et à la
seconde fois que j'y retournai, une de ses

femmes me vint dire de sa part que je n'y allasse plus, et qu'elle ne me verroit pas. Je pensai mourir, lorsque je me vis sans espérance de voir Belasire. J'avois toujours cru que cette grande inclination qu'elle avoit pour moi, la feroit revenir, si je lui parlois; mais voyant qu'elle ne me vouloit point parler, je n'espérai plus; et il faut avouer que de n'espérer plus de posséder Belasire, étoit une cruelle chose pour un homme qui s'en étoit vu si proche, et qui l'aimoit si éperdûment. Je cherchai tous les moyens de la voir : elle m'évitoit avec tant de soin; et menoit une vie si retirée, qu'il me fut impossible d'y parvenir.

Toute ma consolation étoit d'aller passer la nuit sous ses fenêtres; je n'avois pas même le plaisir de les voir ouvertes. Je crus un jour les avoir entendu ouvrir dans le temps que je m'en étois allé: le lendemain je crus encore la même chose; enfin, je me flattai de la pensée que Belasire me vouloit voir sans que je la visse, et qu'elle se mettoit à sa fenêtre lorsqu'elle entendoit que je me retirois. Je résolus de faire semblant de m'en aller à l'heure que j'avois accoutumé, et de retourner brusque-

ment sur mes pas, pour voir si elle n
paroîtroit point. Je fis ce que j'avois ré
solu : j'allai jusqu'au bout de la rue
comme si je me fusse retiré. J'entendi
distinctement ouvrir la fenêtre : je retou
nai en diligence : je crus entrevoir Bela
sire ; mais en m'approchant, je vis u
homme qui se rangeoit proche de la mu
raille au-dessous de la fenêtre, comme u
homme qui avoit dessein de se cacher. J
ne sais comment, malgré l'obscurité d
la nuit, je crus reconnoître don Manri
que. Cette pensée me troubla l'esprit, j
m'imaginai que Belasire l'aimoit, qu'
étoit là pour lui parler ; qu'elle ouvroit se
fenêtres pour lui : je crus enfin que c'é
toit don Manrique qui m'ôtoit Belasire
Dans le transport qui me saisit, je mi
l'épée à la main : nous commençâmes
nous battre avec beaucoup d'ardeur : j
sentis que je l'avois blessé en deux en
droits ; mais il se défendoit toujours. A
bruit de nos épées, ou par les ordres d
Belasire, on sortit de chez elle pour veni
nous séparer. Don Manrique me reconnu
à la lueur des flambeaux ; il recula quel
ques pas. Je m'avançai pour arracher son
épée ; mais il la baissa, et me dit d'un

voix foible : Est-ce vous, Alphonse ? est-il possible que j'aie été assez malheureux pour me battre contre vous ? Oui, traître, lui dis-je, et c'est moi qui t'arracherai la vie, puisque tu m'ôtes Belasire, et que tu passes les nuits sous ses fenêtres, pendant qu'elles me sont fermées. Don Manrique, qui étoit appuyé contre une muraille, et que quelques personnes soutenoient, parce qu'on voyoit bien son extrême foiblesse, me regarda avec des yeux baignés de larmes. Je suis bien malheureux, me dit-il, de vous donner toujours de l'inquiétude ; la cruauté de ma destinée me console de la perte de la vie que vous m'ôtez ! Je me meurs, ajouta-t-il, et l'état où je suis doit vous persuader de la vérité de mes paroles. Je vous jure que je n'ai jamais eu pour Belasire, de pensée qui vous ait pu déplaire ; l'amour que j'ai pour une autre, et que je ne vous ai pas caché, m'a fait sortir cette nuit : j'ai cru être épié, j'ai cru être suivi ; j'ai marché fort vîte, j'ai tourné dans plusieurs rues ; enfin, je me suis arrêté où vous m'avez trouvé, sans savoir que ce fût le logis de Belasire. Voilà la vérité, mon cher Alphonse : je vous conjure de ne vous pas

5

affliger de ma mort ; je vous la pardonne
de tout mon cœur, continua-t-il en me
tendant les bras pour m'embrasser. Alors
les forces lui manquèrent, et il tomba sur
les personnes qui le soutenoient.

Les paroles, seigneur, ne peuvent représenter ce que je devins, et la rage où
je fus contre moi-même : je voulus vingt
fois me passer mon épée au travers du
corps, et surtout lorsque je vis expirer don
Manrique. On m'ôta d'auprès de lui. Le
comte de Guevarre, père de Belasire, qui
étoit sorti au nom de Manrique et au
mien, me conduisit chez moi, et me remit entre les mains de mon père. On ne
me quittoit point, à cause du désespoir
où j'étois ; mais le soin de me garder auroit été inutile, si ma religion m'eût laissé
la liberté de m'ôter la vie. La douleur que
je savois que recevoit Belasire de l'accident qui étoit arrivé pour elle, et le bruit
qu'il faisoit à la cour, achevoit de me dé-
sespérer. Quand je pensois que tout le mal
qu'elle souffroit, et tout celui dont j'étois
accablé, n'étoit arrivé que par ma faute,
j'étois dans une fureur qui ne peut être
imaginée. Le comte de Guevarre, qui
avoit conservé beaucoup d'amitié pour

moi, me venoit voir très-souvent, et par-
donnoit à la passion que j'avois pour sa
fille, l'éclat que j'avois fait. J'appris par
lui qu'elle étoit inconsolable, et que sa
douleur passoit les bornes de la raison. Je
connoissois assez son humeur et sa délicatesse sur sa réputation, pour savoir, sans
qu'on me le dît, tout ce qu'elle pouvoit
sentir dans une si fâcheuse aventure. Quelques jours après cet accident, on me dit
qu'un écuyer de Belasire demandoit à me
parler de sa part. Je fus transporté au nom
de Belasire, qui m'étoit si cher ; je fis entrer celui qui me demandoit : il me donna
une lettre, où je trouvai ces paroles.

Lettre de Belasire à Alphonse.

« Notre séparation m'avoit rendu le
monde si insupportable, que je ne pouvois
plus y vivre avec plaisir, et l'accident qui
vient d'arriver, blesse si fort ma réputation, que je ne puis y demeurer avec honneur. Je vais me retirer dans un lieu où
je n'aurai pas la honte de voir les divers
jugemens qu'on fait de moi. Ceux que vous
en avez faits, ont causé tous mes malheurs ;
cependant je n'ai pu me résoudre à partir

sans vous dire adieu, et sans vous avouer
que je vous aime encore, quelque déraisonnable que vous soyez. Ce sera tout ce
que j'aurai à sacrifier à Dieu, en me don-
nant à lui, que l'attachement que j'ai pour
vous, et le souvenir de celui que vous avez
eu pour moi. La vie austère que je vais
embrasser, me paroîtra douce : on ne peut
rien trouver de fâcheux, quand on a éprouvé la douleur de s'arracher à ce qui nous
aime, et à ce qu'on aimoit plus que toute
choses. Je veux bien vous avouer encore
que le parti que je prends peut seul me
mettre en sûreté contre l'inclination que
j'ai pour vous, et que, depuis notre séparation, vous n'êtes jamais venu dans ce
lieu, où vous avez causé tant de désordre,
que je n'aie été prête à vous parler, et à
vous dire que je ne pouvois vivre sans vous.
Je ne sais même si je ne vous l'aurois point
dit le soir que vous attaquâtes don Manrique, et que vous me donnâtes de nouvelles marques de ces soupçons qui ont
fait tous nos malheurs. Adieu, Alphonse,
souvenez-vous quelquefois de moi, et souhaitez, pour mon repos, que je ne me
souvienne jamais de vous. »

Il ne manquoit plus à mon malheur qu

d'apprendre que Belasire m'aimoit encore;
qu'elle se fût peut-être redonnée à moi,
sans le dernier effet de mon extravagance ;
et que le même accident, qui m'avoit fait
tuer mon meilleur ami, me faisoit perdre
ma maîtresse, et la contraignoit à se rendre malheureuse pour le reste de sa vie.

Je demandai à celui qui m'avoit apporté
cette lettre, où étoit Belasire; il me dit
qu'il l'avoit conduite dans un monastère
de religieuses fort austères, qui étoient
venues de France depuis peu; qu'en y
entrant, elle lui avoit donné une lettre
pour son père, et une autre pour moi. Je
courus à ce monastère ; je demandai à la
voir, mais inutilement. Je trouvai le comte
de Guevarre qui en sortoit; toute son autorité et toutes ses prières avoient été inutiles pour la faire changer de résolution.
Elle prit l'habit quelque temps après. Pendant l'année qu'elle pouvoit encore sortir,
son père et moi fîmes tous nos efforts pour
l'y obliger. Je ne voulus point quitter la
Navarre, comme j'en avois formé le dessein, que je n'eusse entièrement perdu
l'espérance de revoir Belasire ; mais le jour
que je sus qu'elle étoit engagée pour jamais, je partis sans rien dire. Mon père

étoit mort, et je n'avois personne qui me
pût retenir. Je m'en vins en Catalogne,
dans le dessein de m'embarquer, et d'aller
finir mes jours dans les déserts de l'Afrique.
Je couchai par hasard dans cette maison;
elle me plut; je la trouvai solitaire, et telle
que je la pouvois désirer; je l'achetai. J'y
mène depuis cinq ans une vie aussi triste
que doit faire un homme qui a tué son
ami, qui a rendu malheureuse la plus es-
timable personne du monde, et qui a perdu, par sa faute, le plaisir de passer sa
vie avec elle. Croirez-vous encore, seigneur, que vos malheurs soient compa-
rables aux miens?

Alphonse se tut à ces mots, et il parut
si accablé de tristesse, par le renouvellement de douleur que lui apportoit le
souvenir de ses malheurs, que Consalve
crut plusieurs fois qu'il alloit expirer. Il
lui dit tout ce qu'il crut capable de lui
donner quelque consolation; mais il ne
put s'empêcher d'avouer en lui-même que
les malheurs qu'il venoit d'entendre, pouvoient au moins entrer en comparaison
avec ceux qu'il avoit soufferts.

Cependant la douleur qu'il sentoit de
la perte de Zayde, augmentoit tous les

jours : il dit à Alphonse qu'il vouloit sortir d'Espagne, et aller servir l'Empereur dans la guerre qu'il avoit contre les Sarrasins qui, s'étant rendus maîtres de la Sicile, faisoient de continuelles courses en Italie. Alphonse fut sensiblement touché de cette résolution : il fit tous ses efforts pour l'en détourner ; mais ses efforts furent inutiles.

L'inquiétude que donne l'amour ne pouvoit laisser Consalve dans cette solitude, et il étoit pressé d'en sortir par une secrète espérance qu'il ne connoissoit pas lui-même de pouvoir retrouver Zayde. Il résolut donc de partir et de quitter Alphonse : il n'y eut jamais une plus triste séparation ; ils parlèrent de tous les malheurs de leur vie ; ils y ajoutèrent celui de ne se plus voir ; et après s'être promis de se donner de leurs nouvelles, Alphonse demeura dans sa solitude, et Consalve s'en alla coucher à Tortose.

Il se logea près d'une maison dont les jardins faisoient une des plus grandes beautés de la ville ; il se promena tout le soir, et même pendant une partie de la nuit sur les bords de l'Ebre. S'étant lassé de se promener, il s'assit au pied d'une terrasse de ces beaux jardins ; elle étoit si basse, qu'il

entendit parler des personnes qui s'y pro-
menoient. Ce bruit ne le détourna pas d'a-
bord de sa rêverie ; mais enfin il en fut détourné par un son de voix qui lui parut
semblable à celui de Zayde, et qui lui
donna, malgré lui, de l'attention et de la
curiosité. Il se leva pour être plus proche
du haut de la terrasse : d'abord il n'entendit rien, parce que l'allée où se prome-
noient ces personnes, finissoit au bord de
la terrasse où il étoit, et que lorsqu'elles
étoient à ce bord, elles retournoient sur
leurs pas et s'éloignoient de lui. Il demeura
au même lieu pour voir si elles ne revien-
droient point. Elles revinrent comme il l'a-
voit espéré, et il entendit cette même voix
qui l'avoit surpris. Il y a trop d'opposition,
disoit-elle, dans les choses qui pourroient
faire mon bonheur. Je ne puis espérer d'être
heureuse ; mais je serois moins à plaindre
si j'avois pu lui faire connoître mes sentimens et si j'étois assuré des siens. Après
ces paroles, Consalve n'en entendit plus
de bien distinctes, parce que celle qui parloit commençoit à s'éloigner. Elle revint
une seconde fois, parlant encore. Il est vrai,
disoit-elle, que le pouvoir des premières in-
clinations peut excuser celle que j'ai laissé

naître dans mon cœur : mais quel bizarre
effet du hasard, s'il arrive que cette inclination, qui semble s'accorder avec ma destinée, ne serve peut-être quelque jour qu'à
me la faire suivre avec douleur? Ce fut tout
ce que Consalve put entendre. La grande
ressemblance de cette voix avec celle de
Zayde, lui causa de l'étonnement, et peut-
être auroit-il soupçonné que c'étoit elle-
même, si cette personne n'eût parlé espagnol. Quoiqu'il eût trouvé quelque chose
d'étranger dans l'accent, il n'y fit aucune
réflexion, parce qu'il étoit dans une extrémité de l'Espagne où l'on ne parle pas
comme en Castille; il eut seulement pitié
de celle qui avoit parlé, et ces paroles lui
firent juger qu'il avoit quelque chose d'extraordinaire dans sa fortune.

Le lendemain, il partit de Tortose pour
s'aller embarquer. Après avoir marché
quelque temps, il vit au milieu de l'Ebre
une barque fort ornée, couverte d'un pavillon magnifique, relevé de tous les côtés,
et dessous, plusieurs femmes, parmi les-
quelles il reconnut Zayde : elle étoit de-
bout, comme pour mieux voir la beauté
de la rivière; il paroissoit néanmoins qu'elle
rêvoit profondément. Il faudroit, comme

Consalve, avoir perdu une maîtresse, sans
espérance de la revoir, pour pouvoir exprimer ce qu'il sentit en revoyant Zayde.
Sa surprise et sa joie furent si grandes,
qu'il ne savoit où il étoit ni ce qu'il voyoit
il la regardoit attentivement, et recon-
noissant tous ses traits, il craignoit de se
méprendre. Il ne pouvoit s'imaginer que
cette personne, dont il se croyoit séparé
par tant de mers, ne le fût que par une
rivière. Il vouloit pourtant aller à elle, il
vouloit lui parler, il vouloit qu'elle le vît,
il craignoit de lui déplaire, et n'osoit se
faire remarquer ni témoigner sa joie devant ceux qui étoient avec elle. Un bonheur si imprévu, et tant de pensées diffé-
rentes ne lui laissoient pas la liberté de
prendre une résolution; mais enfin, après
s'être un peu remis, et s'être assuré qu'il
ne se trompoit pas, il se détermina à ne
point se faire connoître à Zayde, et à suivre sa barque jusqu'au port. Il espéra d'y
trouver quelque moyen de lui parler en
particulier: il crut qu'il apprendroit le lieu
de sa naissance, et celui où elle alloit: il
s'imagina même qu'il pourroit juger, en
voyant ceux qui étoient dans la barque
si ce rival, à qui il croyoit ressembler

étoit avec elle; enfin, il pensa qu'il alloit sortir de toutes ses incertitudes, et qu'il pourroit au moins témoigner à Zayde l'amour qu'il avoit pour elle. Il eût bien souhaité que ses yeux eussent été tournés de son côté; mais elle rêvoit si profondément, que ses regards demeuroient toujours attachés sur la rivière. Au milieu de sa joie, il se souvint de la personne qu'il avoit entendue dans le jardin de Tortose; et quoiqu'elle eût parlé espagnol, l'accent étranger qu'il avoit remarqué, et la vue de Zayde si près de ce même lieu, lui fit croire que ce pouvoit être elle-même. Cette pensée troubla le plaisir qu'il avoit de la revoir; il se souvint de ce qu'il avoit ouï dire d'une première inclination; et quelque disposition qu'on ait à se flatter, il étoit trop persuadé que Zayde avoit pleuré un amant qu'elle aimoit, pour croire qu'il pût prendre part à cette première inclination; mais les autres paroles qu'elle avoit dites, et qu'il avoit retenues, lui laissoient de l'espérance. Il s'imaginoit qu'il n'étoit pas impossible qu'il y eût quelque chose d'avantageux pour lui: il revint ensuite à douter que ce fût Zayde qu'il eût entendue; et il trouvoit peu d'apparence qu'elle eût appris l'espagnol en si peu de temps.

Le trouble que lui causoient ces ince[r]-
titudes, se dissipa: il s'abandonna enfin à [la]
joie d'avoir retrouvé Zayde; et sans pens[er]
davantage s'il étoit aimé ou s'il ne l'éto[it]
pas, il pensa seulement au plaisir qu'il a[l]-
loit avoir d'être encore regardé par s[es]
beaux yeux. Cependant il marchoit to[u]-
jours le long de la rivière, en suivant [la]
barque; et quoiqu'il allât assez vîte, d[es]
gens à cheval qui venoient derrière lui, [le]
passèrent. Il se détourna de quelques pa[s]
pour empêcher qu'ils ne le vissent; ma[is]
comme il y en avoit un qui venoit seul u[n]
peu après les autres, la curiosité d'appre[n]-
dre quelque chose de Zayde, lui fit oublie[r]
le soin de ne se pas faire voir; et il d[e]-
manda à ce cavalier s'il ne savoit point q[ui]
étoient ces personnes qu'il voyoit da[ns]
cette barque. Ce sont, lui répondit-il, d[es]
personnes considérables parmi les Maur[es]
qui sont à Tortose, il y a déjà quelqu[es]
jours, et qui s'en vont prendre un gran[d]
vaisseau pour s'en retourner en leur pa[ys.]
En parlant ainsi, il regarda Consalve av[ec]
beaucoup d'attention, et prit le galop po[ur]
rejoindre ses compagnons. Consalve d[e]-
meura fort surpris de ce qu'il venoit d'a[p]-
prendre; et il ne douta plus, puisque Zay[de]

...voit couché à Tortose, que ce ne fût elle-même qu'il avoit entendu parler dans ce jardin. Un tour que la rivière faisoit en cet endroit, et un chemin escarpé qui se trouva sur le bord, lui firent perdre la vue de Zayde. Dans ce moment, tous ces hommes à cheval, qui l'avoient passé, revinrent à lui. Il ne douta point alors qu'ils ne l'eussent reconnu : il voulut se détourner ; mais ils l'environnèrent d'une manière qui lui fit voir qu'il ne pouvoit les éviter. Il reconnut celui qui étoit à leur tête, pour Oliban, un des principaux officiers de la garde du prince de Léon, et il eut une douleur sensible de voir qu'il le reconnoissoit aussi. Sa douleur augmenta de beaucoup, lorsque cet officier lui dit qu'il y avoit plusieurs jours qu'il le cherchoit, et qu'il avoit ordre du prince de le conduire à la cour. Quoi ! s'écria Consalve, le prince n'est pas content du traitement qu'il m'a fait, il veut encore m'ôter la liberté ! C'est le seul bien qui me reste, et je périrai plutôt que de souffrir qu'on me le ravisse. A ces mots, il mit l'épée à la main ; et sans considérer le nombre de ceux qui l'environnoient, il les attaqua avec une valeur si extraordinaire, que deux ou trois étoient

déjà hors de combat, avant qu'il leur eu
donné le loisir de se reconnoître. Oliba
commanda aux gardes de ne penser qu'
l'arrêter, et de conserver sa vie. Ils lu
obéissoient avec peine ; et Consalve fon
doit sur eux avec tant de furie, qu'ils n
pouvoient plus se défendre sans l'attaque
Enfin leur chef, étonné des actions ir
croyables de Consalve, et craignant d
ne pouvoir exécuter l'ordre du prince d
Léon, mit pied à terre, et tua d'un cou
d'épée le cheval de Consalve. Ce cheva
en tombant, embarrassa tellement son ma
tre dans sa chute, qu'il lui fut impossib
de se dégager : son épée se rompit : tou
ceux qui l'attaquoient l'environnèrent ;
Oliban lui représenta avec beaucoup de c
vilité le grand nombre qu'ils étoient contr
lui seul, et l'impossibilité de ne pas obéi
Consalve ne le voyoit que trop ; mais
trouvoit un si grand malheur d'être co
duit à Léon, qu'il ne pouvoit s'y résoudr
Zayde, qu'il venoit de quitter, et qu'il a
loit perdre, mettoit le comble à son dés
poir ; et il parut dans un si étrange éta
que l'officier de don Garcie s'imagina q
la pensée des mauvais traitemens qu'il
tendoit de ce prince, lui donnoit ce

grande répugnance à l'aller trouver. Il faut, seigneur, lui dit-il, que vous ignoriez ce qui s'est passé à Léon depuis quelque temps, pour craindre, autant que vous le faites, d'y retourner. J'ignore toutes choses, répondit Consalve : je sais seulement que vous me feriez plus de plaisir de m'ôter la vie, que de me conduire au prince de Léon. Je vous en dirois davantage, répliqua Oliban, si ce prince ne me l'avoit expressément défendu ; mais je me contente de vous assurer que vous n'avez rien à craindre. J'espère, répondit Consalve, que la douleur d'être conduit à Léon m'empêchera d'y arriver en état de satisfaire la cruauté de don Garcie. Comme il achevoit ces paroles, il revit la barque de Zayde ; mais il ne vit plus son visage : elle étoit assise et tournée du côté opposé au sien. Quelle destinée que la mienne ! dit-il en lui-même. Je perds Zayde dans le même moment que je la retrouve. Quand je la voyois, et que je lui parlois dans la maison d'Alphonse, elle ne pouvoit m'entendre. Lorsque je l'ai rencontrée à Tortose, et que j'en pouvois être entendu, je ne l'ai pas reconnue. Maintenant que je la vois, que je la reconnois, et qu'elle pourroit m'entendre, je ne

saurois lui parler, et je n'espère plus de l
revoir. Il demeura quelque temps dans c
diverses pensées ; puis tout-à-coup se tou
nant vers ceux qui le conduisoient : Je n
crois pas, leur dit-il, que vous craigni
que je puisse vous échapper : je vous de
mande la grace de me laisser approcher d
bord de la rivière, pour parler pendan
quelques momens à des personnes que j
vois dans cette barque. Je suis très-fâché
lui répondit Oliban, d'avoir des ordre
contraires à ce que vous désirez ; mais
m'est défendu de vous laisser parler à qu
que ce soit, et vous me permettrez d'exé
cuter ce qui m'a été ordonné. Consalv
sentit si vivement ce refus, que cet officier
qui remarqua la violence de ses sentimens
et qui craignit qu'il n'appelât à son secours
ceux qui étoient dans la barque, ordonn
à ses gens de l'éloigner de la rivière. Il
s'en éloignèrent à l'heure même, et con
duisirent Consalve au lieu le plus com
mode pour passer la nuit. Le lendemain
ils prirent le chemin de Léon, et marchè-
rent avec tant de diligence, qu'ils y arri-
vèrent en peu de jours. Oliban envoya un
des siens avertir le prince de leur arrivée,
et attendit son retour à deux cents pas de

la ville. Celui qu'il avoit envoyé apporta l'ordre de conduire Consalve dans le palais par un chemin détourné, et de le faire entrer dans le cabinet de don Garcie. Consalve étoit si affligé, qu'il se laissoit conduire sans demander seulement en quel lieu on le vouloit mener.

Lorsque Consalve se trouva dans le palais de Léon, la vue d'un lieu où il avoit été si heureux lui redonna les idées de sa fortune, et renouvela sa haine pour don Garcie. La douleur d'avoir perdu Zayde céda pour quelques momens aux sentimens impétueux de la colère; et il ne fut occupé que du désir de faire connoître à ce prince qu'il méprisoit tous les mauvais traitemens qu'il pouvoit recevoir de lui.

Comme il étoit dans ces pensées, il vit entrer Hermenesilde, suivie seulement du prince de Léon. La vue de ces deux personnes ensemble, dans un lieu si particulier et au milieu de la nuit, lui causa une telle surprise, qu'il lui fut impossible de la cacher. Il recula quelques pas; et son étonnement fit si bien voir sur son visage toutes les pensées qui se présentoient en foule à son imagination, que don Garcie prenant la parole, lui dit : Ne me trompé-

je point, mon cher Consalve; ne sauriez-
vous point encore les changemens qui sont
arrivés dans cette cour, et douteriez-vous
que je ne fusse légitime possesseur d'Hermenesilde? Je le suis, ajouta-t-il, et il ne
manque rien à mon bonheur, sinon que vous
y consentiez et que vous en soyez le témoin.
Il l'embrassa en disant ces paroles: Hermenesilde fit la même chose, et l'un et l'autre
le prièrent de leur pardonner les malheurs
qu'ils lui avoient causés. C'est à moi, seigneur, dit Consalve, en se jetant aux pieds
du prince, c'est à moi à vous demander
pardon d'avoir laissé paroître des soupçons
dont j'avoue que je n'ai pu me défendre;
mais j'espère que vous accorderez ce pardon au premier mouvement d'une surprise
si extraordinaire, et au peu d'apparence
que je voyois à l'honneur que vous avez
fait à ma sœur. Vous pouviez tout espérer
de sa beauté et de mon amour, répliqua
don Garcie; et je vous conjure d'oublier
ce qu'elle a fait, sans votre aveu, pour un
prince dont elle connoissoit les sentimens.
Le succès, seigneur, a si bien justifié sa conduite, répondit Consalve, que c'est à elle à
se plaindre de l'obstacle que je voulois apporter à son bonheur.

Après ces paroles, dou Garcie dit à Hermenesilde qu'il étoit déjà si tard, qu'elle seroit peut-être bien aise de se retirer, et qu'il seroit bien aise aussi de demeurer encore quelques momens avec Consalve.

Lorsqu'ils furent seuls, il l'embrassa avec beaucoup de témoignages d'amitié. Je n'oserois espérer, lui dit-il, que vous oubliiez les choses passées : je vous conjure seulement de vous souvenir de l'amitié qui a été entre nous, et de penser que je n'ai manqué à celle que je vous devois, que par une passion qui ôte la raison à ceux qui en sont possédés. Je suis si surpris, seigneur, répartit Consalve, que je ne puis vous répondre ; je doute de ce que je vois, et je ne puis croire que je sois assez heureux pour retrouver en vous cette même bonté que j'y ai vue autrefois. Mais, seigneur, permettez-moi de vous demander à qui je dois cet heureux retour. Vous me demandez bien des choses, répondit le prince ; et bien que j'eusse besoin d'un plus long temps pour vous les apprendre, je vous les dirai en peu de paroles ; et je ne veux pas retarder d'un moment ce qui peut servir à me justifier auprès de vous.

Alors il voulut lui raconter le commen-

cement de sa passion pour Hermenesild...
et la part qui y avoit eu don Ramire ; m...
pour lui en épargner la peine, Consali...
lui dit qu'il avoit appris tout ce qui s'ét...
passé jusqu'au jour qu'il étoit parti de Léo...
et qu'il ne lui restoit à savoir que ce q...
étoit arrivé depuis son départ.

HISTOIRE DE DON GARCIE
ET D'HERMENESILDE.

Vous partîtes sans doute, reprit d...
Garcie, sur la connoissance que vous eû...
que j'avois eu la foiblesse de consentir...
votre éloignement; et la méprise que...
Nugna Bella de vous envoyer une lett...
qu'elle écrivoit à don Ramire, vous a...
prit ce qu'on vous avoit caché avec ta...
de soin. Don Ramire reçut la lettre q...
s'adressoit à vous, et ne douta point q...
vous n'eussiez reçu celle qui s'adressoi...
lui. Il en fut extrêmement troublé; je...
je fus pas moins : nos fautes étoient co...
munes, quoiqu'elles fussent différent...
Votre départ lui donna de la joie : j'...
eus aussi d'abord; mais quand je fis...
flexion à l'état où vous étiez, quand je co...
sidérai que j'en étois la cause, je pen...

mourir de douleur. Je trouvois que j'avois perdu la raison de vous avoir caché si soigneusement l'amour que j'avois pour Hermenesilde : il me sembloit que les sentimens que j'avois pour elle, étoient d'une nature à n'être pas désapprouvés : j'eus plusieurs fois envie de faire courir après vous, et je l'aurois fait, si j'eusse été le seul coupable ; mais l'intérêt de Nugna Bella et de don Ramire étoient des obstacles invincibles à votre retour. Je leur cachai mes sentimens, et j'essayai, autant qu'il me fut possible, de vous oublier. Votre éloignement fit beaucoup de bruit, et chacun en parla selon son caprice. Sitôt que je ne fus plus retenu par vos conseils, et que je suivis ceux de don Ramire, qui souhaitoit, pour son intérêt, de me voir l'autorité, je me brouillai entièrement avec le roi ; et il connut alors qu'il s'étoit trompé, quand il avoit cru que vous me portiez à faire les choses qui lui étoient désagréables. Notre mésintelligence éclata : les soins de la reine ma mère furent inutiles ; et les choses vinrent à un tel point, que l'on ne douta plus que je n'eusse dessein de former un parti. Je ne crois pas néanmoins que j'en eusse pris la résolu-

tion, si le comte votre père (qui sut,)|
des personnes qu'il avoit mises auprès
sa fille, l'amour que j'avois pour elle)
m'eût fait dire que, si je voulois l'épous
il m'offroit une armée considérable, c
places, de l'argent, et enfin ce qui m'é
nécessaire pour obliger le roi à me fa
part de sa couronne. Vous savez ce q
les passions peuvent sur moi, et à q
point l'amour et l'ambition régnoient d
mon ame. L'une et l'autre étoient sa
faites par les offres qu'on me faisoit :
vertu étoit trop foible pour y résister
je ne vous avois plus pour la soutenir. Il
ceptai ces offres avec joie; mais avant qu
m'engager entièrement, je voulus sav
qui entroit dans ce parti dont je me fais
le chef. J'appris qu'il y avoit plusieurs
sonnes considérables, entre autres, le p
de Nugna Bella, un des comtes de Cast
et je trouvai que Nugnez Fernando e
demandoient que je les reconnusse p
souverains. Cette proposition me surp
et j'eus quelque honte de faire une cl
si préjudiciable à l'état, par une impatie
précipitée de régner; mais don Ra
aida, pour son intérêt, à me détermi
Il promit à ceux qui traitoient pour

mtes de Castille, de me porter à faire
qu'ils désiroient, pourvu qu'on lui pro-
ît de lui donner Nugna Bella. Il m'en-
gea à la demander ; je le fis avec joie :
me l'accorda, et notre traité fut conclu
peu de temps. Je ne pus me résoudre
attendre la fin de la guerre pour être
ssesseur d'Hermenesilde ; et je fis dire à
ugnez Fernando que j'étois résolu d'en-
ver sa fille en me retirant de la cour. Il
consentit, et il ne me resta plus qu'à
ouver les moyens de cet enlèvement.
on Ramire y avoit le même intérêt que
oi, parce que Diégo Porcellos trouvoit
on qu'on enlevât Nugna Bella avec Her-
enesilde. Nous résolûmes de prendre un
ur que la reine iroit se promener hors
la ville, d'obliger celui qui conduiroit
chariot où seroient Nugna Bella et
ermenesilde, à s'éloigner de celui de la
ine, de les enlever, et de les mener à
alence, qui étoit en ma disposition, et où
ugnez Fernando devoit se trouver.

Tout ce que je viens de vous dire s'exé-
uta plus heureusement que nous ne l'a-
ions espéré. J'épousai Hermenesilde dès
e soir même que nous fûmes arrivés : la
ienséance et mon amour le vouloient

ainsi ; et je le devois faire pour enga[...]
entièrement le comte de Castille dans n[...]
intérêts. Au milieu de la joie que n[...]
avions l'un et l'autre, nous parlâmes de v[...]
avec beaucoup de douleur. Je lui avo[...]
ce qui avoit causé votre éloignement : n[...]
plaiguîmes ensemble le malheur où n[...]
étions de ne savoir en quel lieu du mo[...]
vous étiez allé. Je ne pouvois me conso[...]
de votre perte, et je regardois don Ram[...]
avec horreur, comme la cause de ma fau[...]
Son mariage fut retardé, parce que Nug[...]
Bella voulut qu'on attendît Diégo Porc[...]
los, qui étoit demeuré en Castille pour r[...]
sembler les troupes qu'on avoit levées.[...]

Cependant la plus grande partie [...]
royaume se déclara pour moi. Le roi [...]
laissa pas d'avoir une armée considérab[...]
et de s'opposer à la mienne : il y eut p[...]
sieurs combats ; et dans l'un des premie[...]
don Ramire fut tué sur la place. Nug[...]
Bella en fut très-affligée : votre sœur [...]
témoin de son affliction, et prit le soin [...]
la consoler. Je fis en moins de deux m[...]
des progrès si considérables, que la rei[...]
ma mère, connoissant qu'il étoit imp[...]
sible de me résister, porta le roi à un a[...]
commodement, et lui en fit voir la néce[...]

té. Elle avança vers le lieu où j'étois : elle me dit que le roi étoit résolu de chercher du repos ; qu'il se démettroit de la couronne en ma faveur, et qu'il se réserveroit seulement la souveraineté de Zamora, pour y finir ses jours, et celle d'Oviedo, pour la donner à mon frère. Il auroit été difficile de refuser des offres si avantageuses, je les acceptai : on fit tout ce qui étoit nécessaire pour l'exécution de ce traité. Je vins à Léon ; je vis le roi ; il se démit de sa couronne, et partit le même jour pour s'en aller à Zamora.

Permettez-moi, seigneur, interrompit Consalve, de vous faire voir mon étonnement. Attendez encore, reprit don Garcie, que je vous aie appris ce qui regarde Nugna Bella. Je ne sais si ce que je vais vous dire vous donnera de la joie ou de la douleur ; car j'ignore quels sentimens vous conservez pour elle. Ceux de l'indifférence, seigneur, répondit Consalve. Vous m'écouterez donc sans peine, répliqua le roi. Incontinent après la paix, elle vint à Léon avec la reine : il me parut qu'elle souhaitoit votre retour : je lui parlai de vous, et je lui vis de violens repentirs de l'infidélité qu'elle vous avoit faite. Nous

7

résolûmes de vous faire chercher, qu
qu'il fût assez difficile, ne sachant en q
endroit du monde vous étiez allé. Elle
dit que si quelqu'un le pouvoit savoir, c
toit don Olmond. Je l'envoyai cherch
à l'heure même : je le conjurai de m'a
prendre de vos nouvelles : il me répon
que, depuis mon mariage et la mort
don Ramire, il avoit eu plusieurs fois
pensée de me parler de vous, jugeant bi
que les raisons qui avoient causé votre él
gnement avoient cessé ; mais qu'ignor
où vous étiez, il avoit cru que c'étoit u
chose inutile ; qu'enfin il venoit de recevo
une de vos lettres ; que vous ne lui ma
diez point le lieu de votre séjour, mais qu
vous le priiez de vous écrire à Tarragon
ce qui lui faisoit juger que vous n'étiez p
hors de l'Espagne. Je fis partir à l'heu
même plusieurs officiers de mes garde
pour vous aller chercher. J'avois jug
par la lettre que vous aviez écrite à do
Olmond, que vous ignoriez les chang
mens qui étoient arrivés : je leur donn
ordre de ne rien dire de l'état de la cou
et de mes sentimens, et j'imaginai un pla
sir extrême à vous apprendre l'un et l'autr
Quelques jours après, don Olmond part

ussi, pour vous aller chercher, et il crut
u'il vous trouveroit plutôt que ceux que
y avois déjà envoyés. Nugna Bella me
arut touchée d'une grande joie, par l'es-
érance de vous revoir ; mais son père,
ue j'avois reconnu pour souverain, aussi
ien que le vôtre, envoya demander à la
eine la permission de la rappeler auprès
e lui. Quelque douleur qu'elles eussent
e cette séparation, Nugna Bella ne put
éviter : elle partit ; et sitôt qu'elle fut ar-
ivée en Castille, son père la maria, contre
on gré, à un prince allemand, que la dé-
otion avoit attiré en Espagne. Il a cru voir
ans cet étranger un mérite extraordinaire,
t l'a choisi pour lui donner sa fille : peut-
tre a-t-il de la valeur et de la sagesse ;
mais son humeur et sa personne ne sont
pas agréables, et Nugna Bella est très-
malheureuse.

　Voilà, dit le roi en finissant son discours,
e qui s'est passé depuis votre éloignement :
si vous n'aimez plus Nugna Bella, et que
vous conserviez encore pour moi les mêmes sentimens d'amitié qui nous lioient
si étroitement, je n'ai rien à souhaiter,
puisque vous serez aussi heureux que vous
l'avez été, et que je le serai entièrement

par le retour de votre amitié. Je suis c...
fus, seigneur, de toutes vos bontés, ...
pondit Consalve : je crains de ne vous ...
faire assez paroître ma reconnoissance ...
ma joie ; mais l'habitude que mes malheu...
et la solitude m'ont donnée à la tristes...
m'en laissent encore une impression, ...
cache les sentimens de mon cœur.

Après ces paroles, don Garcie se r...
tira, et l'on conduisit Consalve dans ...
appartement qu'on lui avoit préparé d...
le palais. Lorsqu'il se vit seul, et qu'il...
réflexion sur le peu de joie que lui donn...
un changement si avantageux, quels r...
proches ne se fit-il point de s'être si e...
tièrement abandonné à l'amour !

C'est vous seule, Zayde, dit-il, qui m'em...
pêchez de jouir du retour de ma fortun...
et d'une fortune encore au-dessus de cell...
que j'avois perdue. Mon père est souverai...
ma sœur est reine, et je suis vengé de to...
ceux qui m'avoient trahi. Cependant j...
suis malheureux ; et je rachetterois, de to...
les avantages que je possède, l'occasio...
que j'ai perdue de vous suivre et de vou...
revoir.

Le lendemain, toute la cour sut le re...
tour de Consalve. Le roi ne pouvoit s...

lasser de faire voir l'amitié qu'il avoit pour lui; et il prenoit soin d'en donner des témoignages publics, pour réparer en quelque sorte les choses qui s'étoient passées. Une si éclatante faveur ne consoloit point cet amant de la perte de Zayde : il n'étoit pas en son pouvoir de cacher son affliction. Le roi s'en aperçut, et le pressa si fortement de lui en avouer la cause, que Consalve ne put s'en défendre. Après lui avoir raconté sa passion pour Zayde, et tout ce qui lui étoit arrivé depuis son départ de Léon : Voilà, seigneur, lui dit-il, comme j'ai été puni d'avoir osé soutenir, contre vous, qu'on ne devoit aimer qu'après une longue connoissance. J'ai été trompé par une personne que je croyois connoître : cette expérience ne m'a pu défendre contre Zayde, que je ne connoissois pas, que je ne connois point encore, et qui cependant trouble l'heureux état où vous me mettez. Le roi étoit trop sensible à l'amour, et trop sensible à ce qui regardoit Consalve, pour n'être pas touché de son malheur. Il examina avec lui ce qu'on pouvoit faire pour apprendre des nouvelles de Zayde. Ils résolurent d'envoyer à Tortose, dans cette maison où il l'avoit entendu par-

*

ler, pour tâcher au moins de s'instruire
sa patrie, et du lieu où elle étoit alle
Consalve qui avoit dessein de faire say
à Alphonse tout ce qui lui étoit arrivé d
puis qu'il étoit sorti de sa solitude, se s
vit de cette occasion pour lui écrire,
pour lui renouveler les assurances de s
amitié.

Cependant les Maures avoient prof
des désordres du royaume de Léon :
avoient surpris plusieurs villes, et con
nuoient encore à étendre leurs limite
sans avoir néanmoins déclaré la guerr
Don Garcie, poussé par son ambition
turelle, et se trouvant fortifié par la vale
de Consalve, résolut d'entrer dans le
pays, et de reprendre tout ce qu'ils avoie
usurpé. Don Ordogno son frère se joign
à lui, et ils mirent une puissante arm
en campagne : Consalve en fut le généra
Il fit en peu de temps des progrès cons
dérables : il prit des villes, il eut l'avantag
en plusieurs combats, et enfin il assiégo
Talavéra, qui étoit une place importan
par sa situation et par sa grandeur. Abd
rame, roi de Cordoue, successeur d'Al
dala, vint lui-même s'opposer au roi d
Léon. Il s'approcha de Talavéra, dans l'e

...érance d'en faire lever le siége. Don Gar-
...ie, avec le prince Ordogno son frère, prit
...plus grande partie de l'armée pour l'aller
...ombattre, et laissa Consalve avec le reste,
...our continuer le siége. Consalve s'en char-
...ea avec joie ; et l'assurance d'y réussir ou
...'y trouver la mort, ne lui laissa pas ap-
...réhender de mauvais succès. Il n'avoit
...oint eu de nouvelles de Zayde : il étoit
...lus tourmenté que jamais de la passion
...u'il avoit pour elle, et du désir de la re-
...oir ; de sorte qu'au milieu de sa fortune
...t de sa gloire, il n'envisageoit qu'une vie
...désagréable, qu'il couroit avec ardeur
...ux occasions de la finir. Le roi marcha
...ontre Abderame ; il le trouva campé dans
...n poste avantageux, à une journée de Ta-
...avéra. Quelques jours se passèrent sans
...u'ils en vinssent aux mains : les Maures
...e vouloient pas sortir de leur poste, et
...on Garcie se trouvoit trop foible pour les
...attaquer. Cependant Consalve jugea qu'il
...étoit impossible de continuer le siége, parce
...que n'ayant pas assez de troupes pour en-
...ermer toute la place, il y entroit du se-
...cours toutes les nuits, et que ce secours
...pouvoit enfin mettre les assiégés en état de
...faire des sorties qu'il ne pourroit soutenir.

Comme il avoit déjà fait une brèche co[n]
sidérable, il résolut de hasarder un ass[aut]
général, et d'essayer, par une action si h[ar-]
die, de réussir dans une chose qu'il croy[oit]
désespérée. Il exécuta ce qu'il avoit réso[lu]
et après avoir donné tous les ordres néce[s-]
saires, il attaqua la ville avant que le jo[ur]
parût, mais avec tant de courage et d'e[s-]
pérance de vaincre, qu'il inspira ces mêm[es]
sentimens aux soldats. Ils firent des acti[ons]
incroyables; et enfin, en moins, de d[eux]
heures, Consalve se rendit maître de T[al-]
véra. Il fit tous ses efforts pour empêc[her]
le pillage; mais il étoit impossible d'arrê[ter]
des troupes qui avoient été animées p[ar]
l'espérance du butin.

Comme il alloit lui-même par la vi[lle]
pour prévenir le désordre, il vit un homm[e]
qui se défendoit seul contre plusieurs a[u-]
tres avec une valeur admirable, et q[ui]
en se retirant, tàchoit de gagner un châ[-]
teau qui ne s'étoit pas encore rendu. Ce[ux]
qui attaquoient cet homme le pressoie[nt]
si vivement, qu'ils l'alloient percer de pl[u-]
sieurs coups, si Consalve ne se fût jeté [au]
milieu d'eux, et ne leur eût comman[dé]
de se retirer. Il leur fit honte de l'acti[on]
qu'ils vouloient faire: ils s'en excusère[nt]

n lui disant que celui qu'ils attaquoient
toit le prince Zulema, qui venoit de tuer
n nombre infini des leurs, et qui vouloit
e jeter dans le château. Ce nom étoit trop
élèbre, par la grandeur de ce prince, et
ar le commandement général qu'il avoit
ans les armées des Maures, pour n'être
as connu de Consalve. Il s'avança vers
ni; et ce vaillant homme, voyant bien
u'il ne pouvoit plus se défendre, rendit
on épée avec un air si noble et si hardi,
ue Consalve ne douta point qu'il ne fût
igne de la grande réputation qu'il avoit
cquise. Il le donna en garde à des offi-
iers qui le suivoient, et marcha vers ce
hâteau pour le sommer de se rendre. Il
romit la vie à ceux qui étoient dedans;
n lui en ouvrit les portes : il apprit, en
entrant, qu'il y avoit beaucoup de da-
es arabes qui s'y étoient retirées. On le
onduisit au lieu où elles étoient : il entra
ans un appartement superbe orné avec
oute la politesse des Maures. Plusieurs
ames, à demi-couchées sur des carreaux,
e faisoient voir que par un triste silence
douleur qu'elles avoient d'être captives.
lles étoient un peu éloignées, comme par
espect, d'une personne magnifiquement

habillée et assise sur un lit de repos. Sa
tête étoit appuyée sur une de ses mains,
de l'autre elle essuyoit ses larmes; et ca
choit son visage, comme si elle eût voulu
retarder de quelques momens la vue de
ses ennemis. Enfin, au bruit que firent
ceux dont Consalve étoit suivi, elle se
tourna; et il reconnut Zayde, mais plus
belle qu'il ne l'avoit jamais vue, malgré
la douleur et le trouble qui paroissoient
sur son visage. Consalve fut si surpris,
qu'il parut plus troublé que Zayde; et
Zayde sembla se rassurer, et perdre une
partie de ses craintes à la vue de Consalve.
Ils s'avancèrent l'un vers l'autre; et pre
nant tous deux la parole, Consalve se ser
vit de la langue grecque, pour lui deman
der pardon de paroître devant elle comme
un ennemi, dans le même moment que
Zayde lui disoit en espagnol, qu'elle ne
craignoit plus les malheurs qu'elle avoit
appréhendés, et que ce ne seroit pas le
premier péril dont il l'auroit garantie. Ils
furent si étonnés de s'entendre parler cha
cun leur langue naturelle; et ils sentirent si
vivement les raisons qui les avoient obli
gés de les apprendre, qu'ils en rougirent,
et demeurèrent quelque temps dans une

profond silence. Enfin, Consalve reprit
la parole, et continuant de se servir de la
langue grecque : Je ne sais, madame, lui
dit-il, si j'ai eu raison de souhaiter, autant que je l'ai fait, que vous me pussiez
entendre : peut-être n'en serai-je pas moins
malheureux ; mais quoiqu'il puisse m'arriver, puisque j'ai de la joie de vous revoir, après en avoir tant de fois perdu
l'espérance, je ne me plaindrai plus de
ma fortune. Zayde parut embarrassée de
ce que lui disoit Consalve, et arrêtant sur
lui ses beaux yeux, où il ne paroissoit
néanmoins que de la tristesse : Je ne sais
encore, lui dit-elle en sa langue, ne vou-
ant plus lui parler espagnol, si mon père
a pu échapper des périls où il s'est exposé
dans cette journée : vous me permettrez
bien de m'informer de lui, avant de satisfaire à votre demande. Consalve interro-
gea ceux qui étoient près de lui, pour savoir ce qu'elle désiroit : il eut le plaisir
d'apprendre que ce prince, à qui il venoit
de sauver la vie, étoit le père de Zayde;
et elle parut avoir beaucoup de joie de
savoir par quel bonheur son père avoit été
garanti de la mort. Ensuite Consalve fut
obligé de faire des civilités à toutes les

autres dames qui étoient dans le châtea
il fut fort surpris d'y trouver don Olmon
dont on n'avoit point eu de nouvelles d
puis qu'il étoit parti de Léon pour le che
cher. Après avoir satisfait à ce qu'il dev
à un ami si fidèle, il revint dans le li
où étoit Zayde. Comme il commençoit
lui parler, on le vint avertir que le d
sordre étoit si grand dans la ville, que
présence seule pouvoit l'arrêter. Il fut co
traint d'aller où son devoir l'appeloit.
donna tous les ordres qu'il jugea néc
saires pour apaiser le tumulte que f
soient naître l'avarice des soldats et
terreur des habitans : ensuite il dépêc
un courrier au roi, pour lui donner a
de la prise de la ville, et revint avec e
pressement auprès de Zayde. Toutes l
dames qui étoient auprès d'elle, s'élo
gnèrent par hasard : il voulut profiter d
momens où il pouvoit l'entretenir; ma
comme il avoit dessein de lui parler de
passion, il sentit un trouble extraordinair
et il connut bien que ce n'étoit pas to
jours assez de pouvoir être entendu po
se déterminer à vouloir se faire entendr
Il craignit néanmoins de perdre une occ
sion qu'il avoit tant souhaitée; et apr
avoir admiré quelque temps la bizarrer

leur aventure, d'avoir été si long-temps ensemble sans se connoître et sans se par-: Nous sommes bien éloignés, dit Zayde, retomber dans le même embarras, puis e j'entends la langue espagnole, et que us entendez la mienne. Je m'étois trou- si malheureux de ne la pas entendre, ondit Consalve, que je l'ai apprise, us espérer même qu'elle pût me servir éparer ce que j'avois souffert de ne la s savoir. Pour moi, reprit Zayde en gissant, j'ai appris l'espagnol, parce il est difficile de n'apprendre pas la gue du pays où l'on demeure, et que n est dans une peine continuelle lors- 'on ne peut se faire entendre. Je vous tendois souvent, madame, répliqua Con- ve, et quoique je ne susse pas votre lan- e, il y a eu bien des heures où j'aurois rendre un compte exact de vos senti- ns, et je suis persuadé que vous voyiez core mieux les miens que je ne voyois vôtres. Je vous assure, répondit Zayde, e je suis moins habile que vous ne peu- z, et que tout ce que j'ai pu juger, c'est e vous aviez quelquefois beaucoup de stesse. Je vous en disois la cause, ré- ndit Consalve, et je crois que, sans sa-

8

voir ce que signifioient mes paroles, vo[us]
n'avez pas laissé de m'entendre. Ne vous [e]
défendez point, madame : vous m'avez ré[s]
pondu, sans me parler, avec une sévéri[té]
dont vous devez être satisfaite ; mais pu[is]
que j'ai pu connoître votre indifférenc[e,]
comment n'auriez-vous pas connu des se[n]
timens qui paroissent plus aisément que l'[in]
différence, et qui s'expliquent souvent m[al]
gré nous ? J'avoue néanmoins que j'ai [vu]
quelquefois vos beaux yeux tournés sur m[oi]
d'une manière qui m'auroit donné de [la]
joie, si je n'avois cru devoir ce qu'i[ls]
avoient de favorable à la ressemblance [de]
quelque autre. Je ne vous désavouer[ai]
pas, reprit Zayde, que je n'aie trouvé q[ue]
vous ressembliez à quelqu'un ; mais vo[us]
n'auriez pas sujet de vous plaindre, si [je]
vous disois que j'ai souvent souhaité q[ue]
vous puissiez être celui à qui vous resse[m]
blez. Je ne sais, madame, répondit Co[n]
salve, si ce que vous me dites m'est fav[o]
rable ; et je ne puis vous en rendre grace[s]
si vous ne me l'expliquez mieux. Je vou[s]
en ai trop dit pour vous l'expliquer, ré[p]
pliqua Zayde, et mes dernières parol[es]
m'engagent à vous en faire un secret. J[e]
suis bien destiné au malheur de ne vo[us]

as entendre, reprit Consalve, puisque, même en me parlant espagnol, je ne sais e que vous me dites. Mais, madame, vez-vous la cruauté d'ajouter encore des certitudes à celles où je vis depuis si long-temps? Il faut que je meure à vos ieds, ou que vous me disiez qui vous avez euré dans la solitude d'Alphonse, et qui st celui à qui mon malheur ou mon bonheur veulent que je ressemble. Ma curiosité ne s'arrêteroit pas sans doute à ces eux choses, si le respect que j'ai pour ous ne la retenoit; mais j'attendrai que e temps et votre bonté me permettent de ous en demander davantage.

Comme Zayde alloit répondre, des dames arabes qui étoient dans le château, emandèrent à parler à Consalve; et il nt ensuite tant d'autres personnes, qu'avec le soin qu'apporta cette princesse à viter de l'entretenir en particulier, il lui t impossible d'en retrouver l'occasion.

Il se renferma seul pour s'abandonner u plaisir d'avoir retrouvé Zayde, et de l'avoir retrouvée dans un lieu dont il étoit le aître : il croyoit même avoir remarqué ans ses yeux quelque joie de le revoir : il toit bien aise qu'elle eût appris l'espagnol, t elle s'étoit servi de cette langue avec

tant de promptitude sitôt qu'elle l'avo[it?]
vu, qu'il se flattoit d'avoir eu quelque pa[rt]
au soin qu'elle avoit eu de l'apprendre : enf[in]
la vue de Zayde et l'espérance de n'en êt[re]
pas haï, faisoient sentir à Consalve ce qu'u[n]
amant, qui n'est pas assuré d'être aim[é,]
peut sentir de plus agréable.

Don Olmond revint du château, où [on]
l'avoit envoyé pour y faire entrer des tro[u]-
pes, et interrompit tout à coup sa rêveri[e.]
Comme il l'avoit trouvé dans le même li[eu]
que Zayde, il crut qu'il pourroit l'instrui[re]
de la naissance et des aventures de cet[te]
belle princesse. Il appréhenda néanmoi[ns]
qu'il n'en fût amoureux ; et la crainte d[e]
trouver encore un rival en un homme qu['il]
croyoit son ami, arrêta long-temps sa cu[-]
riosité ; mais il ne put en être le maîtr[e,]
et après avoir demandé à don Olmo[nd]
quelle aventure l'avoit conduit à Talavér[a,]
et avoir su qu'il avoit été fait prisonnier e[n]
allant la chercher à Tarragone, il lui parl[a]
de Zulema, pour lui parler ensuite de Zayd[e.]

Vous savez, lui dit don Olmond, qu[e]
est neveu du calife Osman, et qu'il se[-]
roit à la place du caïmacan qui règne au[-]
jourd'hui, s'il avoit eu autant de bonheu[r]
qu'il mérite d'en avoir. Il tient un ran[g]
considérable parmi les Arabes : il est ven[u]

en Espagne pour être général des armées
du roi de Cordoue, et il y vit avec une grandeur et une dignité dont j'ai été surpris. Je
trouvai ici en y arrivant, une cour très-
agréable. Belenie, femme du prince Os-
main, frère de Zulema, y étoit alors. Cette
princesse n'est pas moins révérée par sa
vertu que par sa naissance. Elle avoit avec
elle la princesse Félime sa fille, dont l'esprit et le visage sont pleins de charmes,
quoiqu'il y ait dans l'un et dans l'autre
beaucoup de langueur et de mélancolie.
Vous avez vu l'incomparable beauté de
Zayde, et vous pouvez juger quel fut mon
étonnement de trouver à Talavéra tant de
personnes dignes d'admiration. Il est vrai,
répondit Consalve, que Zayde est la plus
parfaite beauté que j'aie jamais vue; et je
ne doute point qu'elle n'ait ici un grand
nombre d'amans attachés à elle. Alamir,
prince de Tharse, en est passionnément
amoureux, répliqua don Olmond; il a
commencé à l'aimer en Chypre, et il en
soit parti avec elle. Zulema fit naufrage
aux côtes de Catalogne : il est venu depuis
en Espagne, et Alamir est venu depuis à
Talavéra chercher Zayde.

Les paroles de don Olmond donnèrent

un coup mortel à Consalve : il y trouv...
confirmation de ses soupçons ; et il vit...
un moment que tout ce qu'il s'étoit ima...
giné étoit véritable. L'espérance de s'ê...
trompé, dont il s'étoit flatté tant de f...
l'abandonna entièrement ; et la joie que...
avoit donnée la conversation qu'il ven...
d'avoir avec Zayde, ne servit qu'à augm...
ter sa douleur. Il ne douta plus que...
larmes qu'elle avoit répandues chez...
phonse, ne fussent pour Alamir, que...
ne fût à lui qu'il ressembloit, et que...
ne fût par lui qu'elle eût été enlevée...
côtes de Catalogne. Ces pensées lui d...
nèrent une si cruelle douleur, que...
Olmond crut qu'il étoit malade, et lu...
témoigna de l'inquiétude. Consalve ne v...
lut pas lui apprendre le sujet de son a...
tion : il trouva de la honte à lui avo...
qu'il étoit encore amoureux, après a...
été si maltraité par l'amour : il lui dit...
son mal se passeroit bientôt, et il lui...
manda s'il avoit vu Alamir, s'il étoit d...
de Zayde, et s'il en étoit aimé. Je ne...
point vu, reprit don Olmond : il étoit...
joindre Abderame avant que l'on m...
conduit en cette ville. Sa réputation...
grande ; je ne sais s'il est aimé de Zay...

mais je crois qu'il est difficile qu'elle méprise un prince aussi aimable que j'ai ouï répeindre Alamir; et il paroît si attaché à elle, qu'il est difficile de croire qu'il en soit entièrement dédaigné. La princesse Félime, avec qui j'ai lié une amitié particulière, malgré la retraite où vivent les personnes de sa nation et de sa naissance, m'a souvent parlé d'Alamir; et à en juger par ce qu'elle m'en a dit, on ne peut être ni plus honnête homme, ni plus amoureux. Si Consalve eût suivi ses sentimens, il eût fait encore plusieurs questions à don Olmond; mais il étoit retenu par la crainte de découvrir ce qu'il lui vouloit cacher. Il lui demanda seulement ce qu'étoit devenue Félime : don Olmond lui répondit qu'elle avoit suivi la princesse sa mère à Tropèze, où Osmin commandoit un corps d'armée.

Consalve se retira ensuite sur le prétexte de chercher du repos; mais ce ne fut en effet que pour être en liberté de s'affliger et de faire réflexion sur l'opiniâtreté de son malheur. Pourquoi ai-je retrouvé Zayde, disoit-il, avant d'apprendre qu'Alamir en est aimé? Si j'en eusse été assuré dans le temps que je l'avois perdue, j'au-

rois moins souffert de son absence : je 〈…〉
serois moins abandonné à là joie de la 〈…〉
voir, et je ne sentirois pas la cruelle d〈…〉
leur de perdre les espérances qu'elle vi〈…〉
de me donner. Quelle destinée est 〈…〉
mienne, que même la douceur de Zay〈…〉
ne serve qu'à me rendre malheureux! Po〈…〉
quoi témoigner qu'elle souffre mon amo〈…〉
si elle approuve celui d'Alamir? Et 〈…〉
veut dire ce souhait, que je puisse ê〈…〉
celui à qui je ressemble ?

De pareilles réflexions augmentoi〈…〉
encore sa tristesse ; et le jour suivant, qu〈…〉
devoit attendre avec tant d'impatienc〈…〉
et qui lui devoit être si agréable, puisqu〈…〉
étoit assuré de voir Zayde et de lui pa〈…〉
ler, lui parut le plus affreux de sa vi〈…〉
quand il pensa qu'en la voyant il n'aur〈…〉
rien à espérer que la confirmation de s〈…〉
malheur.

Vers le milieu de la nuit, celui qui éto〈…〉
allé porter au roi là nouvelle de la pri〈…〉
de la ville revint, avec un ordre po〈…〉
Consalve de partir à l'heure même, 〈…〉
d'aller joindre l'armée avec toute la cav〈…〉
lerie. Don Garcie savoit que les Maur〈…〉
attendoient un secours considérable ; 〈…〉
quand il eut appris que Consalve avo〈…〉

porté Talavéra, il crut qu'il falloit pro-
ter de cette victoire, et rassembler toutes ses troupes, pour attaquer les ennemis avant qu'ils fussent fortifiés par ce
nouveau secours. Quelque difficulté que
Gonsalve trouvât à exécuter l'ordre du
Roi, par l'embarras de faire marcher des
soldats qui étoient encore fatigués du tra-
vail de la nuit précédente, le désir d'être
à la bataille le fit agir avec tant d'ardeur,
qu'il les mit en peu de temps en état de
partir; et il se fit la cruelle violence de
quitter Zayde sans lui dire adieu. Il ordonna que l'on conduisît Zulema dans le
château où étoit cette princesse; et il
commanda à celui qui la gardoit, de lui
dire les raisons qui l'obligeoient à quitter
Talavéra avec tant de précipitation.

A la pointe du jour, il se mit à la tête
de la cavalerie, et commença à marcher
avec une tristesse proportionnée au sujet
qu'il en croyoit avoir. En approchant du
camp, il rencontra le roi qui venoit au-
devant de lui : il mit pied à terre, et alla
lui rendre compte de ce qui s'étoit passé
à la prise de Talavéra. Après lui avoir parlé
de ce qui regardoit la guerre, il lui parla
de ce qui regardoit son amour. Il lui ap-

prit qu'il avoit retrouvé Zayde ; mais c[...]
avoit aussi trouvé ce rival, dont la se[...]
idée lui avoit donné tant d'inquiétude[...]
roi lui témoigna combien il s'intéress[...]
dans toutes les choses qui le touchoie[...]
et combien il étoit satisfait de la vict[...]
qu'il venoit de remporter. Consalve [...]
ensuite faire camper ses troupes, et[...]
mettre en état, par quelques heures[...]
repos, de se préparer à la bataille [...]
l'on avoit dessein de donner. La réso[...]
tion n'en étoit pas encore prise : le p[...]
avantageux des ennemis, leur nomb[...]
et le chemin qu'il falloit faire pour all[...]
eux, rendoient cette résolution difficil[...]
prendre, et périlleuse à exécuter. C[...]
salve néanmoins opina à la donner ; [...]
l'espérance de trouver Alamir dans le c[...]
bat, lui fit soutenir son opinion avec [...]
de force, que la bataille fut résolue p[...]
le lendemain.

Les Arabes étoient campés dans [...]
plaine à la vue d'Almaras ; leur camp é[...]
environné d'un grand bois, en sorte [...]
l'on ne pouvoit aller à eux que par [...]
défilé si dangereux à passer, qu'il ne se[...]
bloit pas qu'on dût l'entreprendre. T[...]
tefois Consalve, à la tête de la cavaler[...]

mmença le premier à traverser ce bois,
parut dans la plaine, suivi de quelques
adrons. Les Arabes, surpris de voir
urs ennemis si près d'eux, employèrent
prendre leur résolution, le temps qu'ils
voient employer à combattre, et don-
rent le loisir aux Espagnols de passer
tes leurs troupes et de se ranger en ba-
lle. Consalve marcha droit à eux avec
le gauche, enfonça leurs escadrons, et
mit en fuite. Il ne s'abandonna pas à
ursuivre les fuyards; et cherchant par-
t le prince de Tharse et de nouvelles
toires, il tourna tout court sur l'infan-
ie des Arabes. Cependant l'aile droite
voit pas eu un succès si favorable : les
abes l'avoient rompue et poussée jus-
au corps de réserve que commandoit
roi de Léon; mais ce roi avoit arrêté
ur victoire, et les avoit repoussés jus-
aux portes d'Almaras; en sorte qu'il ne
toit de leur armée que l'infanterie, où
it Abderame, et que Consalve venoit
ttaquer. Cette infanterie l'attendit de
d ferme, et ouvrant ses bataillons, les
ns de trait firent un effet si prodigieux,
e les troupes espagnoles ne les purent
utenir. Consalve les remit en ordre, et

recommença la même attaque jusqu'à tr
fois. Enfin, il enveloppa cette infante
de tous côtés ; et touché de voir périr
si braves gens, il cria qu'on leur fît qu
tier. Ils mirent tous les armes bas, et
jetant en foule autour de lui, ils se
bloient n'avoir d'autre application q
admirer sa clémence, après avoir éprou
sa valeur. Dans ce moment, le roi de Lé
vint joindre Consalve, et lui donna to
tes les louanges que méritoit sa valeur.
surent que le roi Abderame s'étoit dég
pendant le dernier combat, et s'étoit
tiré dans Almaras.

La gloire que Consalve avoit acqu
dans cette journée, devoit lui donn
quelque joie ; mais il ne sentit que la d
leur de n'y avoir pas laissé la vie, et
n'avoir pu trouver Alamir.

Il sut des prisonniers que ce prince n
toit pas dans l'armée ; qu'il command
le secours que les ennemis attendoien
et que c'étoit l'espérance de ce seco
qui leur avoit fait essayer de retarde
bataille.

Comme les Arabes avoient ramassé u
partie de leur armée ; qu'ils étoient fo
fiés par les troupes qu'Alamir avoit a

ées, et qu'ils avoient devant eux une grande ville que l'on n'osoit assiéger à leur que, le roi de Léon ne pouvoit espérer d'autre avantage de sa victoire, que la gloire de l'avoir remportée. Néanmoins Abderame, sous le prétexte d'enterrer les morts, demanda une trève de quelques jours, dans le dessein de commencer une négociation pour la paix.

Pendant cette trève, un jour que Consalve passoit d'un quartier à l'autre, il vit sur une petite éminence deux cavaliers de l'armée ennemie, qui se défendoient contre plusieurs officiers espagnols, et qui, malgré leur résistance, étoient près d'être accablés par le nombre de ceux qui les attaquoient. Il fut étonné de voir ce combat pendant la trève, et de le voir si inégal. Il envoya quelqu'un des siens à toute bride pour le faire cesser, et pour en savoir la cause. On lui vint dire que ces deux cavaliers arabes avoient voulu passer auprès des gardes avancées; qu'on les avoit arrêtés avec insolence; qu'ils avoient mis l'épée à la main, et que la cavalerie, qui s'étoit trouvée en ce lieu, les avoit attaqués. Consalve commanda à un officier d'aller de sa part faire des excuses à ces

deux cavaliers, et de les conduire jusq
hors du camp, du côté qu'ils voudroie
aller. Il continua ensuite la visite des qua
tiers, et alla passer à celui du roi, en sor
qu'il ne revint que fort tard à son log
ment. Le lendemain, l'officier qui av
conduit ces deux cavaliers arabes le vi
trouver. Seigneur, lui dit-il, un de ce
que vous nous aviez donné ordre d'esco
ter, nous a chargés de vous dire qu'il e
bien fâché qu'une affaire importante, q
n'a rien de commun avec la guerre, l'en
pêche de vous venir remercier, et qu'i
est bien aise de vous apprendre que c'e
le prince Alamir qui vous est redevabl
de la vie. Lorsque Consalve entendit l
nom d'Alamir, et qu'il pensa que ce rival
qu'il avoit eu tant d'envie d'aller cherche
par toute la terre, lors même qu'il n'e
connoissoit ni le nom ni la patrie, venoi
de passer dans le camp et à sa vue pou
aller sans doute trouver Zayde, il demeur
comme accablé ; et il ne lui resta de forc
que pour demander quel chemin avoit pri
Alamir. Quand on lui eut répondu que
c'étoit celui de Talavéra, il congédia tou
ceux qui étoient dans sa tente, et demeur
abandonné au désespoir de n'avoir pa
connu le prince de Tharse.

Quoi! disoit-il, non-seulement il échappe à ma vengeance, mais je lui ouvre encore des chemins pour aller voir Zayde! A l'heure que je parle, il la voit, il est auprès d'elle, il lui apprend son passage dans le camp; et ce n'est que pour insulter à son malheur, qu'il a voulu que je susse qu'il étoit Alamir. Peut-être ne jouira-t-il pas long-temps de mon infortune, et que je soulagerai ma douleur par le plaisir de me venger.

Il prit dans ce moment la résolution de se dérober de l'armée, de s'en aller à Talavéra, troubler, par sa présence, l'entrevue d'Alamir et de Zayde, et d'ôter la vie à son rival, ou de mourir aux yeux de cette princesse. Comme il cherchoit les moyens d'exécuter ce qu'il avoit résolu, on lui vint dire qu'il paroissoit des troupes ennemies à quelques lieues du camp, et que le roi lui ordonnoit de les aller reconnoître. Il fut contraint d'obéir, et de retarder l'exécution de son dessein. Il monta à cheval; mais quand il eut marché quelque temps, il apprit, en sortant d'un bois, que les troupes qu'on avoit vues, n'étoient composées que de quelques Arabes qui revenoient d'escorter un convoi. Il fit pren-

dre le chemin du camp à la cavalerie q[ui]
étoit avec lui ; et suivi seulement de que[l]
ques-uns des siens, il commença à mar[-]
cher lentement, afin de demeurer dans l[e]
bois, et de prendre le chemin de Tala[-]
véra sitôt que les troupes seroient un pe[u]
éloignées. Lorsqu'il fut au milieu d'un[e]
grande route, il rencontra un cavalier ara[be]
de fort bonne mine, qui suivoit assez tri[s-]
tement le même chemin. Ceux qui accom[-]
pagnoient Consalve, prononcèrent son no[m]
par hasard. A ce nom de Consalve, ce c[a-]
valier revint de la rêverie où il étoit plong[é,]
et leur demanda si celui qui marchoit se[ul]
étoit Consalve. Sitôt qu'on lui eut répon[du]
que c'étoit lui-même : Je serai bien ais[e,]
dit-il assez haut, de voir un homme d'[un]
mérite si extraordinaire, et de le pouvo[ir]
remercier de la grace que j'en ai reçue. [En]
disant ces paroles, il s'avança vers Co[n-]
salve, en portant la main à la visière [de]
son casque, pour le saluer ; mais lorsqu[']
eut jeté les yeux sur son visage : O Dieu[x]
s'écria-t-il, est-il possible que ce soit Co[n-]
salve ? Et le regardant attentivement,
demeura immobile, comme un homm[e]
frappé d'une grande surprise et comba[ttu]
par des sentimens bien différens. Ap[rès]

oir demeuré quelque temps en cet état, Alamir s'écria tout d'un coup : Non, je ne puis pas laisser vivre celui à qui Zayde est destinée, ou à qui elle se destine elle-même. Gonsalve, qui avoit paru étonné de l'action et des premières paroles de ce cavalier, et qui néanmoins en attendoit la suite avec tranquillité, fut frappé, à son tour, d'une surprise extraordinaire, lorsqu'il entendit les noms de Zayde et d'Alamir, et qu'il songea qu'il avoit devant lui ce redoutable rival, qu'il alloit chercher avec tant de peine et de désir de vengeance. Je ne sais, lui répondit-il, si Zayde m'est destinée ; mais si vous êtes le prince de Tharse, comme vous me donnez lieu de le croire, vous n'espérez d'en être possesseur que par ma mort. Vous ne le serez aussi que par la vôtre, répliqua Alamir ; et je ne vois que trop, par vos paroles, que vous êtes celui qui cause mon infortune. Consalve n'entendit ces derniers mots que confusément ; il se retira de quelques pas, et reprit l'impatience qui l'emportoit à combattre. Pour empêcher que leur combat ne fût interrompu, il ordonna à ceux qui le suivoient de s'éloigner ; et il le leur ordonna avec tant d'autorité, qu'ils n'osèrent

*

lui désobéir : mais ils s'en allèrent en di
ligence, pour faire revenir quelques-un
des principaux officiers de l'armée, qu
venoient de quitter Consalve, et qui n
pouvoient encore en être fort éloignés
en même temps Consalve et Alamir com
mencèrent un combat où la valeur et l
courage firent paroître tout ce qu'ils on
jamais eu de grand et d'admirable. Alami
fut blessé en tant d'endroits, que les for
ces commencèrent à lui manquer; et bie
que Consalve le fût aussi, la vue d'un
prochaine victoire lui donnoit une nouvell
ardeur, qui le rendoit maître de la vie d
ce prince. Le roi, qui s'étoit trouvé prè
du bois, attiré par les cris de ceux qu
Consalve avoit fait éloigner, arriva dan
cet endroit, et sépara les combattans.
apprit par l'écuyer d'Alamir, qui survi
dans ce moment, le nom de son maître
et Consalve voyant que ce prince perdo
des ruisseaux de sang, il commanda qu'o
le secourût.

Si le roi eût suivi ses sentimens, il a
roit donné des ordres contraires : il se co
tenta néanmoins d'ordonner qu'on lui r
pondît de la personne du prince de Thars
et tourna toutes ses pensées à la conserv

n de son favori. Il le fit transporter au
amp. Alamir n'étoit pas en état d'être
rté si loin, et on le mit dans un château
i se trouva assez proche. Sitôt que Con-
ve fut arrivé, le roi voulut savoir le ju-
ment des médecins sur ses blessures : ils
ssurèrent qu'il n'y avoit rien à craindre
ur sa vie. Don Garcie ne put le quitter,
is apprendre de sa bouche la cause de
combat. Consalve, qui ne lui cachoit
n, lui en avoua la vérité ; et le roi, crai-
ant de nuire à sa santé par une trop lon-
e conversation, voulut le laisser en repos.
is Consalve le retenant, lui dit : Ne m'a-
ndonnez pas, seigneur, au désordre et
a confusion de mes pensées : aidez-moi
démêler le nouvel embarras où me met-
t les actions et les paroles d'Alamir. Il
rencontre sans qu'il paroisse me cher-
er : il m'aborde comme un homme qui
t me faire des remercîmens ; et tout
coup je le vois surpris, troublé, et
t à mettre l'épée à la main. Qu'a-t-il
pris, en me voyant, qui lui ait fait chan-
r de sentimens ? Qui lui fait imaginer que
yde m'est destinée ou par Zulema ou
r elle-même ? Il ne peut avoir appris que
sa propre bouche que je suis son rival ;

et si elle lui a rendu compte de mon amou
ce n'est pas d'une manière qui puisse lu
donner lieu de me craindre. Il sait bie
aussi qu'elle ne m'est pas destinée par Zu
lema, qui ne me connoît point, qui ignor
les sentimens que j'ai pour sa fille, et dor
la religion est opposée à la mienne. Que
fondement peuvent donc avoir ses parole
et par quelle raison mon visage attire-t-
sa colère plutôt que mon nom? Il est di
ficile, mon cher Consalve, répondit le ro
de démêler cette aventure : j'y pense ave
attention ; mais je n'imagine rien où j
puisse m'arrêter. Ne seroit-ce point, repri
il tout d'un coup, qu'Alamir vous auro
vu dans la solitude d'Alphonse, lorsqu
vous portiez le nom de Théodoric, et qu
ce n'est qu'à votre visage qu'il vous a re
connu pour son rival? Ah! seigneur, r
pliqua Consalve, j'ai déjà eu la même pe
sée ; mais je l'ai trouvée si cruelle, que j
n'ai pu m'y arrêter. Seroit-il possible qu'A
lamir eût été caché dans ce désert? Seroi
il possible que la joie qui me paroisso
quelquefois dans les yeux de Zayde, et qu
faisoit tout mon bonheur, n'eût été que le
restes de ce qu'avoit produit la vue d'Al
mir? Mais, seigneur, continua-t-il, je n

ittois presque point Zayde : j'aurois vu
prince, s'il étoit venu chez Alphonse ;
de plus, cette princesse sait qui je suis :
ient de la voir, il ne faut pas douter
'elle ne le lui ait appris : ainsi, il con-
issoit Consalve pour l'amant de Zayde,
squ'il m'a rencontré. Je ne puis com-
endre ce qui a causé un changement si
ompt, et je trouve de l'impossibilité à
t ce que j'imagine. Êtes-vous bien as-
é, répartit le roi, qu'Alamir ait vu
yde? Il passa hier assez tard dans le
np; vous l'avez rencontré ce matin : il
semble qu'il est difficile d'avoir été à
lavéra, et d'en être revenu en si peu de
ups. Mais il m'est aisé de m'en éclaircir,
uta-t-il : deux officiers de mes troupes
ont dit qu'ils avoient passé la nuit au
me lieu que ce prince, et nous saurons
ux où ils l'ont rencontré. Le roi com-
nda à l'heure même qu'on lui fît venir
officiers; et lorsqu'ils furent venus, il
ir ordonna de dire en quel lieu et à
elle heure ils avoient trouvé Alamir.
Seigneur, répondit l'un des deux, nous
venions hier d'Ariobisbe, où l'on nous
oit envoyés : nous passâmes le soir dans
grand bois, qui est à trois ou quatre

lieues du camp : nous mîmes pied à terre
et nous nous endormîmes dans ce bois.
J'entendis du bruit, je m'éveillai, et je vis
d'assez loin, au travers des arbres, ce
prince arabe qui parloit à une femme magnifiquement habillée. Après une longue
conversation, cette femme le quitta, et
vint s'asseoir avec une autre près du lieu
où j'étois. Elles parloient assez haut, mais
je n'entendois pas ce qu'elles disoient,
parce qu'elles parloient une langue que je
ne connois point, et qui n'est pas celle des
Arabes. Elles nommèrent plusieurs fois
Alamir ; et quoiqu'elles fussent tournées
de sorte que je ne pouvois voir leur visage,
il me sembla que celle qui avoit parlé à
ce prince pleuroit extrêmement. Enfin
elles s'en allèrent : j'entendis marcher des
chariots et beaucoup de chevaux du côté
de Talavéra. J'éveillai mon camarade,
nous reprîmes notre chemin ; et nous vîmes
de loin Alamir couché au pied d'un arbre
comme un homme qui se trouvoit mal. Son
écuyer me demanda s'il pourroit arriver
de jour au camp des Arabes : je lui dis que
non, et ils ont passé la nuit dans le même
village que nous.

Le roi se repentit d'avoir fait parler ce

ciers ; et sitôt qu'ils furent retirés, Consalve lui dit : Vous voyez, seigneur, j'ai eu tort de croire qu'Alamir avoit vu Zyde. Mais trouvez-vous possible qu'elle soit sortie de Talavéra, répondit le roi, puisqu'elle y est prisonnière ? Mon malheur, répliqua Consalve, ne me laisse pas manquer aux choses qui me peuvent nuire. J'ai donné ordre, en partant, que Zayde eût la liberté de se promener hors de la ville toutes les fois qu'elle le voudroit : elle attendoit Alamir dans ce bois. Il avoit raison de me mander qu'une affaire importante, qui ne regardoit point la guerre, l'empêchoit de s'arrêter dans ce camp. Il étoit donc hier ; elle pleuroit après l'avoir quitté : il est donc vrai que Zayde aime Alamir, et il ne me reste plus d'incertitude. Laissez-moi mourir, seigneur : abandonnez le soin d'un homme qui est trop persécuté de la fortune, pour mériter vos bontés : je suis honteux d'être aimé de vous, et d'être misérable.

Don Garcie étoit sensiblement touché de l'état où il voyoit Consalve ; et il essayoit de lui faire trouver quelque consolation dans les témoignages de son amitié.

Le lendemain, on sut que le prince de

Tharse étoit très-dangereusement ble
et les jours suivans, la fièvre lui pr
violemment, qu'on désespéra presque
sa vie. Consalve s'imagina que Zayd
pourroit savoir le danger où étoit ce p
ce, sans envoyer apprendre de ses n
velles : il donna charge à un de ses g
en qui il avoit le plus de confiance, d'a
tous les jours au château où l'on gar
Alamir, et de découvrir s'il ne venoit
sonne pour essayer de le voir. Il eût
voulu aussi s'éclaircir de cette ress
blance qui lui avoit donné tant de cu
sité ; mais l'extrémité où étoit ce pri
ne laissoit pas son visage en état de
tinguer aucun de ses traits.

Celui qui avoit été chargé d'aller
château, s'acquitta de sa commission
soin : il apprit à Consalve que depuis q
lamir étoit malade, on n'avoit point
mandé à lui parler ; mais que des gens
connus venoient tous les jours savoir
de sa santé, sans dire le nom de ceux
les y envoyoient. Quoique Consalve
doutât point qu'Alamir ne fût aimé
Zayde, toutes les choses qui l'en assur
lui donnoient une nouvelle douleur.
roi entra dans sa tente, qu'il étoit en

gité de l'affliction qu'il venoit de recevoir; et craignant que tant de déplaisirs ne missent enfin sa vie en danger, il défendit à ceux qui l'approchoient de lui parler d'Abdamir et de la princesse Zayde.

Cependant la trève étoit finie, et les deux armées ne demeuroient pas inutiles. Abderame assiégea une petite place, dont la foiblesse ne lui faisoit pas appréhender de résistance; néanmoins il arriva que le prince de Galice, proche parent de don Garcie, qui s'étoit retiré dans cette place pour se guérir de quelques blessures qu'il avoit reçues à la bataille, entreprit de la défendre, par une résolution où il y avoit plus de témérité que de courage. Abderame s'en trouva si indigné, que lorsque cette ville fut contrainte de se rendre, il fit trancher la tête à ce prince. Ce n'étoit pas la première fois que les Maures avoient abusé de leur victoire, et traité les plus grands seigneurs d'Espagne avec une inhumanité sans exemple. Don Garcie fut extrêmement irrité de la mort du prince de Galice. Les troupes espagnoles ne le furent pas moins : elles aimoient ce prince; et déjà lassées de tant de cruautés dont on n'avoit point tiré vengeance, elles s'assem-

10

blèrent en tumulte, et demandèrent au r
qu'on traitât Alamir de la même mani
qu'on avoit traité le prince de Galice.
roi y consentit : il auroit été dangereux
refuser des troupes aussi animées. Il man
au roi de Cordoue qu'il feroit trancher
tête au prince de Tharse sitôt qu'il ser
en meilleur état, et que ses blessures p
mettroient d'en faire un spectacle pub
et de lui ôter la vie, sans qu'il parût qu'
n'eût fait que hâter sa mort.

Consalve ignoroit, par les ordres que
roi avoit donnés, ce qui se passoit au su
de ce prince. Quelques jours après, on
vint dire qu'un écuyer de don Olmo
demandoit à le voir. Il commanda qu'
le fît entrer; et cet écuyer, après lui av
dit que son maître étoit bien fâché que
ordres du roi le retinssent à Baragell
l'empêchassent de venir apprendre de s
nouvelles, lui remit plusieurs lettres en
les mains. Consalve ouvrit celle qui s'adr
soit à lui, et y lut ces paroles

Lettre de don Olmond à Consalve.

« Si je ne savois combien vous aime
faire de grandes actions, je ne vous env

is pas la lettre que je vous envoie, et je
croirois faire une chose inutile de vous parler en faveur de votre ennemi; mais je vous
connois trop pour douter que vous ne re-
ceviez avec joie la prière que l'on m'oblige
de vous faire. Quelque justice qu'il y ait
à traiter le prince de Tharse comme on a
traité le prince de Galice, ce sera une action digne de vous, de conserver un homme
du mérite et de la qualité d'Alamir. Il me
semble aussi que vous devez accorder quelque pitié à une passion qui ne vous est pas
inconnue. »

Le nom d'Alamir et la fin de cette lettre
causèrent un trouble extraordinaire à Consalve : il demanda à l'écuyer de don Olmond l'explication de ce que son maître
lui mandoit du prince de Galice ; et quoique cet écuyer ne dût pas croire qu'il ignorât ce qui s'étoit passé, il ne laissa pas de
lui apprendre en peu de mots. Consalve
lut la lettre que don Olmond lui envoyoit ;
elle ne contenoit que ces paroles :

Lettre de Félime à don Olmond.

« Vous pouvez tout sur Consalve ; faites
qu'il sauve Alamir de la colère du roi de

Léon. En le garantissant de la mort qu'on
lui prépare, il ne lui sauvera pas la vie,
ses blessures la lui ôteront bientôt; et Consalve est déjà assez vengé de ce malheureux prince, puisqu'on est contraint de re-
courir à lui pour sa conservation. Tra-
vaillez-y, je vous en conjure : vous sau-
verez plus d'une vie en sauvant celle d'A-
lamir ».

Ah! Zayde, s'écria Consalve, Félime
n'écrit que par vos ordres, et vous m'or-
donnez par cette lettre de vous conserve
Alamir. Quelle inhumanité est la vôtre
et à quelle extrémité me réduisez-vous
N'est-ce pas assez que je supporte me
malheurs, faut-il encore que je travaille
à conserver celui qui les cause? Dois-je
m'opposer à la résolution du roi? Elle es
juste; il a été contraint de la prendre, e
je n'y ai point eu de part. Je devrois lais
ser périr Alamir, si je ne savois point qu'i
est mon rival et qu'il est aimé de Zayde
mais je le sais, et cette raison, toute cruelle
qu'elle est, ne me permet pas de consenti
à sa perte. Quelle loi, reprit-il, me veux
je imposer, et quelle générosité m'oblig
à conserver Alamir? Parce que je sais qu'i
m'ôte Zayde, faut-il que je lui sauve la vie

ois-je prétendre que, pour me l'accor-
er, le roi se mette au hasard de faire ré-
olter son armée? Abandonnerai-je les in-
rêts de don Garcie pour m'arracher la
uce espérance dont la mort d'Alamir
ent me flatter? Ce prince seul me dispute
yde; et quelque prévenue qu'elle soit
sa faveur, si elle ne doit jamais le revoir,
pourrois m'assurer d'être heureux.

Après ces paroles, il demeura long-
mps dans un silence où il paroissoit en-
eli: ensuite il se leva tout d'un coup;
quoiqu'il fût d'une foiblesse extraordi-
aire, il se fit conduire chez le roi. Ce
ince fut très-surpris de le voir, et il le
encore davantage, lorsqu'il sut ce qu'il
noit lui demander.

Seigneur, lui dit Consalve, si vous avez
elque considération pour moi, il faut
accorder la vie d'Alamir: je ne puis
re si vous consentez à sa mort. Que
es-vous, Consalve? lui répartit le roi;
par quelle aventure la vie d'un homme
a fait votre malheur, devient-elle néces-
re à votre repos? Zayde, seigneur,
ordonne de la conserver, répliqua-t-il;
lois répondre à la bonne opinion qu'elle
e moi. Elle sait que je l'adore, et que

je dois haïr ce prince ; cependant el
m'estime assez pour croire que, loin
consentir à sa perte, je travaillerai à
garantir de la mort qu'on lui prépare. El
veut bien tenir de moi la vie de son aman
je vous la demande par toutes vos bo
tés. Je ne dois pas écouter, lui répartit
roi, les sentimens que vous inspire u
générosité aveugle, et un amour qui
vous laisse plus de raison. Je dois agir
lon mes intérêts et selon les vôtres.
prince de Tharse doit mourir, pour a
prendre au roi de Cordoue à mieux u
des droits de la guerre, pour apaiser n
troupes qui sont prêtes à se révolter. Il d
mourir, pour vous laisser possesseur
Zayde, et pour ne plus troubler votre
pos. Ah! seigneur, reprit Consalve, tr
verois-je du repos à voir Zayde irritée c
tre moi et désespérée de la mort de
amant? Je ne dois plus penser à dispu
Zayde à Alamir vivant, ni à Alamir m
Il ne faut pas se rendre digne du mauv
traitement de la fortune par une opin
treté déraisonnable. Je veux que Za
me plaigne de ne m'avoir pas aimé; e
ne veux pas qu'elle puisse me méprise
me haïr. Prenez du temps, lui dit le r

our examiner ce que vous me demandez, décidez avec vous-même si vous devez vouloir. Non, seigneur, répondit Consalve, je ne veux point avoir le loisir de manger de sentimens, et m'exposer à combattre une seconde fois les fausses et flatteuses espérances que la mort d'Alamir m'a déjà données. Je ne veux pas même que Zayde puisse croire que je sois irrésolu sur le parti que je dois prendre, et je vous demande la grace de publier dès aujourd'hui que vous m'accordez la vie de ce prince. Je vous promets, lui répondit le roi, de vous en laisser le maître; mais attendez encore à le publier. Vous savez l'entreprise qui est faite sur Oropèze; les habitans doivent cette nuit nous en ouvrir les portes. Si ce dessein réussit, la joie d'un heureux succès mettra peut-être l'armée dans une disposition dont nous aurons moins à craindre. Félime sera entre nos mains; sachez par elle si Alamir est aimé. Éclaircissez votre destinée, avant que de décider de celle de ce prince, et mettez-vous en état de prendre une résolution dont vous ne puissiez vous repentir. Mais, seigneur, répliqua Consalve, peut-être que Félime ne voudra pas m'apprendre les sen-

timens de Zayde. Pour l'obliger à vous
instruire, interrompit le roi, mandez
don Olmond que vous ne ferez pas ce qu'e
désire, si vous ne savez les véritables r
sons qui lui font prendre tant de part à
conservation d'Alamir. C'est don Olmo
qui est commandé pour entrer dans On
pèze; et vous saurez par lui tout ce qu
vous est important de savoir. J'y consen
seigneur, répondit Consalve, à conditi
que vous me permettrez d'obliger les s
dats à vous venir demander eux-mên
la conservation d'Alamir, dans le mêm
moment qu'on saura la prise d'Oropè
Comme Félime sera prisonnière, don C
mond pourra lui cacher la grace que vo
m'aurez accordée, jusqu'à ce qu'elle
ait appris tout ce qui regarde ce princ
Zayde saura que j'ai obéi à ses ordres da
le moment que je les ai reçus; et elle j
gera, par cette obéissance aveugle, q
si je renonce aux prétentions que j'avc
sur son cœur, je n'étois pas indigne de
posséder.

Le roi consentit à tout ce que voul
Consalve; mais en même temps il l'obl
gea d'écrire à don Olmond de la maniè
dont il l'avoit résolu. Ce prince passa u

...tie de la nuit avec son favori qui succomboit sous l'effort qu'il venoit de faire, qui sacrifioit à une exacte générosité, dont il n'attendoit point de gloire, toutes les espérances d'une passion dont son ame étoit possédée.

Le lendemain don Garcie reçut des nouvelles de l'entreprise d'Oropèze, qui avoit réussi comme on l'avoit espéré. Il le fit savoir à Consalve, et lui manda en même temps qu'il lui donnoit la liberté de travailler à la conservation d'Alamir. Consalve, avec la même ardeur que si le succès de son dessein lui eût assuré la conquête de Zayde, se fit porter dans le camp; avec ce même visage et cette même voix dont il s'étoit servi en tant d'occasions pour inspirer aux soldats le courage de le suivre, il leur fit voir quelle honte ils attireroient sur lui, en voulant ôter la vie à un prince qui n'étoit entre leurs mains que pour l'avoir attaqué. Il leur dit que, par cette mort, dont on le croiroit à jamais la cause, ils lui faisoient perdre l'honneur qu'il avoit acquis avec eux en tant de combats; qu'il alloit à l'heure même se démettre du commandement de l'armée et quitter l'Espagne; qu'ils choisissent de lui

voir prendre congé du roi, ou d'aller d[...]
ce moment lui demander la vie du pri[...]
de Tharse. Les soldats lui laissèrent à p[...]
achever ce qu'il avoit résolu de leur d[...]
se jetant en foule autour de lui, com[...]
pour empêcher qu'il ne les quittât : il[...]
suivirent chez don Garcie, si animés[...]
les paroles de leur général, qu'il eût [...]
aussi dangereux de leur refuser alo[...]
conservation d'Alamir, qu'il l'auroit [...]
quelques jours auparavant de leur refu[...]
sa mort.

Cependant don Olmond, malgré [...]
les soins que lui donnoit une place [...]
il venoit de se rendre maître, ne la[...]
pas de penser que l'intérêt de Cons[...]
l'obligeoit à entretenir Félime. Il dema[...]
à la voir, avec autant de respect que [...]
droit de la guerre ne lui en eût pas do[...]
une entière liberté. Il la trouva dans [...]
tristesse profonde : ce qui s'étoit passé [...]
dant cette journée, et une maladie c[...]
sidérable que sa mère avoit depuis quel[...]
jours, paroissoient le sujet de cette [...]
tesse.

Sitôt qu'ils purent se parler sans [...]
entendus : Hé bien, lui dit-elle, don [...]
mond, avez-vous travaillé auprès de C[...]
salve, et sauverez-vous Alamir ?

La destinée de ce prince est entre vos mains, madame, lui répondit-il. Entre mes mains ? s'écria-t-elle : hélas ! et par quelle aventure pourrois-je quelque chose pour le salut d'Alamir ? Je vous réponds de sa vie, répartit-il ; mais pour me mettre en pouvoir de tenir ma parole, il faut m'apprendre les raisons qui vous font prendre un intérêt si vif à sa conservation, il faut me les apprendre avec une vérité exacte, aussi bien que tout ce qui regarde les aventures de ce prince. Ah ! don Olmond, que me demandez-vous, répondit-elle ? A ces mots, elle demeura quelque temps sans parler, puis tout d'un coup reprenant la parole : Mais ne savez-vous pas, lui dit-elle, qu'il est parent d'Osmin et de Zulema ; que nous le connoissons il y a long-temps ; que son mérite est extraordinaire ; et n'est-ce pas assez pour avoir soin de sa vie ? Le soin que vous en prenez, madame, répliqua don Olmond, a des raisons plus pressantes : s'il vous coûte trop de me les apprendre, il dépend de vous de ne le pas faire ; mais vous trouverez bon aussi que je me dégage de ce que je viens de vous promettre. Quoi ! don Olmond, répliqua-t-elle, la vie d'Alamir

n'est qu'à ce prix! Et que vous imp[...]
de savoir ce que vous me demandez? [...]
suis bien fâché de ne pouvoir vous le d[...]
reprit don Olmond : mais, madame, [...]
core une fois, je ne puis rien autrem[...]
et c'est à vous de choisir. Félime dem[...]
long-temps les yeux baissés, dans u[...]
profond silence, que don Olmond en [...]
surpris. Enfin, se déterminant tout [...]
coup : je vais faire, lui dit-elle, la c[...]
du monde que j'aurois le moins cru [...]
voir obtenir de moi-même. La bonne [...]
nion que j'ai de vous, et la confiance [...]
j'ai en votre amitié, aident sans dou[...]
me déterminer, aussi bien que la con[...]
vation d'Alamir. Gardez-moi un secret [...]
violable, ajouta-t-elle, et écoutez [...]
patience le récit que j'ai à vous faire [...]
ne peut être qu'un peu long.

FIN DE LA SECONDE PARTIE DE ZAYDE.

ZAYDE,

HISTOIRE ESPAGNOLE.

TROISIÈME PARTIE.

HISTOIRE DE ZAYDE ET DE FÉLIME.

ɔid Rahis, frère du calife Osman, et
ɔi pouvoit lui disputer l'empire par le
ɔoit de la naissance, se trouva si malheu-
ɔux et si abandonné de tous ceux qui lui
ɔvoient fait espérer de se déclarer pour
ɔi, qu'il fut contraint de renoncer à ses
ɔrétentions, et de consentir à être relé-
ɔé dans l'île de Chypre, sous le prétexte
ɔ y commander. Zulema et Osmin, que
ɔus connoissez, étoient ses enfans : ils
ɔoient jeunes, bien faits, et avoient don-
ɔé plusieurs marques de leur valeur. Ils
ɔvinrent amoureux de deux personnes
ɔne beauté extraordinaire et d'une gran-
ɔe qualité : elles étoient sœurs, et sor-
ɔent de plusieurs princes qui avoient
ɔ gouverné cette île avant qu'elle fût sous

l'obéissance des Arabes. L'une s'appell[e]
Alasinthe, et l'autre Belenie. Comme O[s]
min et Zulema savoient bien la lang[ue]
grecque, ils se firent aisément enten[dre]
de celles qu'ils aimoient. Elles étoi[ent]
chrétiennes ; mais la différence de le[ur]
religion n'en apporta point dans leurs s[en]
timens : ils s'aimèrent ; et sitôt que la m[ort]
de Cid Rahis leur en eut laissé la liber[té]
Zulema épousa Alasinthe, et Osmin épo[usa]
Belenie. Ils consentirent à laisser éle[ver]
leurs enfans dans la religion chrétieu[ne]
et firent espérer alors que dans peu [de]
temps ils l'embrasseroient eux-mêmes. [O]
naquis d'Osmin et de Belenie ; et Zay[de]
de Zulema et d'Alasinthe. La passion [de]
Zulema et celle d'Osmin les obligèrent [à]
passer quelques années dans l'île de Ch[y]
pre ; mais enfin, le désir de trouver qu[el]
ques conjonctures favorables pour ren[ou]
veler les prétentions de leur père, les r[ap]
pela en Afrique. Ils eurent d'abord [de]
grandes espérances ; et, contre les rè[gles]
de la politique, le calife qui succéd[a à]
Osman, leur donna des emplois si co[nsi]
dérables, qu'Alasinthe et Belenie ne p[ou]
voient se plaindre de leur éloigneme[nt]
mais après cinq ou six années d'absen[ce]
elles commencèrent à s'en plaindre [et]

n affliger. Elles surent qu'ils avoient d'autres occupations que celles de la guerre :
elles avoient de leurs nouvelles ; mais
comme ils ne revenoient point, elles se
crurent abandonnées. Alasinthe ne songea
plus qu'à Zayde, qui méritoit déjà toute
son attention, et Belenie ne pensa qu'à
l'élever avec beaucoup de soin.

Lorsque nous commençâmes à sortir de
l'enfance, Alasinthe et Belenie se retirèrent dans un château sur le bord de la
mer ; elles y menoient une vie conforme
à leur tristesse : le soin qu'elles avoient
de Zayde et de moi, les obligeoit néanmoins à vivre avec une grandeur et une
magnificence qu'elles auroient peut-être
abandonnées par leur propre inclination.
Nous avions auprès de nous plusieurs jeunes personnes de qualité, et rien ne manquoit à ce qui pouvoit contribuer à notre
éducation et aux divertissemens confor-
mes à la retraite où l'on nous élevoit. Zayde
et moi nous n'étions pas moins liées par
l'amitié que par le sang. J'avois deux années plus qu'elle : il y avoit aussi quelque
différence dans nos humeurs, la mienne
penchoit moins à la joie : il étoit aisé
de le connoître en nous voyant, aussi bien

que l'avantage que la beauté de Zay[
avoit sur la mienne.

Peu de temps avant que l'empere[
Léon envoyât attaquer l'île de Chypr[
nous étions un jour sur le rivage. La m[
étoit tranquille ; nous priàmes Alasint[
et Belenie de trouver bon que nous e[
trassions dans des barques pour nous pr[
mener. Nous prîmes plusieurs jeunes p[
sonnes avec nous, et nous fîmes tourn[
vers de grands vaisseaux qui étoient à[
rade. Comme nous approchâmes de c[
vaisseaux, nous en vîmes détacher des cl[
loupes, et nous jugeâmes que c'étoient [
Arabes qui venoient prendre terre. C[
chaloupes venoient vers nous comme n[
allions vers elles. Il y avoit dans la p[
mière plusieurs hommes magnifiqueme[
habillés, et un, entre autres, qui, par s[
air noble et la beauté de sa taille, se f[
soit distinguer de tous ceux qui l'enviro[
noient. Cette rencontre nous surprit: n[
trouvâmes que nous ne devions pas ava[
cer davantage, et qu'il ne falloit pas do[
ner lieu de croire à ceux qui étoient d[
cette chaloupe, que la curiosité de [
voir nous eût conduites de leur côté. N[
fîmes tourner notre barque sur la m[

adroite; la chaloupe que nous voulions
éviter tourna comme nous, les autres allèrent droit à terre : celle-là nous suivit, et
nous approcha assez pour nous faire voir
que cet homme que nous avions distingué
des autres, étoit attaché à nous regarder,
et qu'il étoit même bien aise de nous faire
remarquer qu'il prenoit plaisir à nous
suivre. Zayde trouva notre aventure agréable, et fit encore tourner notre barque,
pour voir s'il nous suivroit toujours : pour
moi, j'en étois embarrassée, sans en pouvoir dire la cause. Je regardai avec attention celui qui paroissoit le maître des autres, et le voyant de plus près, je lui trouvai
dans le visage quelque chose de si fin et
si agréable, que je crus n'avoir jamais
vu personne si capable de plaire. Je dis à
Zayde qu'il falloit retourner auprès d'Ala-
manthe et de Belenie ; et que sans doute,
puisqu'elles nous avoient permis de nous
promener, elles n'avoient pas cru que nous
dussions trouver une pareille aventure.
Elle fut de mon avis. Nous fîmes tourner
vers la terre : la barque qui nous suivoit
passa devant nous, et alla débarquer près
des autres chaloupes qui étoient déjà arrivées.

Lorsque nous abordâmes, celui qu[i]
nous avions remarqué, suivi d'un gran[d]
nombre des siens, s'avança pour nous don[n]-
ner la main, avec un air qui nous fit ju[-]
ger qu'il avoit déjà appris qui nous étions
de ceux qui étoient sur le rivage. Mo[n]
étonnement et celui de Zayde étoient ex[-]
trêmes : nous n'étions pas accoutumées
nous voir aborder avec tant de liberté,
surtout par les Arabes, pour lesquels o[n]
nous avoit inspiré une grande aversion
Nous crûmes que celui qui venoit no[us]
parler, seroit bien surpris, lorsqu'il tro[u]-
veroit que nous n'entendions pas sa langu[e]
mais nous fûmes bien surprises nous-mêm[es]
de l'entendre parler la nôtre avec tou[te]
la politesse de l'ancienne Grèce.

Je sais, madame, dit-il en s'adressa[nt]
à Zayde qui marchoit la première, qu'[un]
Arabe ne devroit pas être assez hardi po[ur]
vous approcher, sans vous en avoir d[e-]
mandé la permission ; mais je crois que c[e]
qui seroit un crime à un autre est pardo[n]-
nable à un homme qui a l'honneur d'ê[tre]
allié des princes Zulema et Osmin. To[u]-
ché du désir de voir ce qu'il y a de pl[us]
beau dans la Grèce, j'ai cru ne pouvo[ir]
mieux satisfaire ma curiosité, qu'en co[n]-

...ençant par l'île de Chypre; et mon bon-
...ur me fait trouver, en y arrivant, ce
...e j'aurois cherché en vain dans toutes
...autres parties du monde.

En disant ces paroles, il attachoit ses
...gards tantôt sur Zayde et tantôt sur moi,
...is avec tant de marques d'une véritable
...miration, que nous ne pouvions presque
...uter qu'il ne pensât ce qu'il venoit de nous
...e. Je ne sais si j'étois déjà prévenue, ou
...la solitude où nous vivions servit à me
...ndre cette aventure plus agréable; mais
...voue que je n'ai jamais rien vu de si sur-
...enant. Alasinthe et Belenie, qui étoient
...ez éloignées, s'avancèrent vers nous, et
...voyèrent en même temps demander le
...m de celui qui venoit d'arriver. Elles
...rent que c'étoit Alamir prince de Tharse,
... de cet Alamir qui prenoit la qualité
... calife, et dont la puissance étoit si
...doutable aux chrétiens. Elles savoient
...lliance qui étoit entre ce prince et Zu-
...na; de sorte que le respect qui lui étoit
... par sa naissance, se joignant à la cu-
...osité d'apprendre de leurs nouvelles,
...les le reçurent avec moins de répugnance
...'elles n'en avoient d'ordinaire pour les
...abes. Alamir augmenta, par ses paroles,

la disposition qu'elles avoient à le recevo
favorablement : il leur parla de Zulema
d'Osmin, qu'il avoit vus il n'y avoit p
long-temps, et il les blâma d'être capabl
d'abandonner deux personnes si dignes (
les retenir. La conversation fut si longu
sur le bord de la mer ; et Alamir parut
agréable aux yeux même d'Alasinthe
de Belenie, que, contre l'habitude qu'ell
avoient prise de fuir tout le monde, ell
ne purent s'empêcher de lui offrir une r
traite dans le lieu qu'elles habitoient. Al
mir fit voir qu'il savoit bien que la civili
devoit l'empêcher d'accepter ce qu'on l
offroit ; mais il fit voir aussi qu'il ne s'
pouvoit défendre, par le plaisir de ne p
se séparer sitôt d'une compagnie qui l
donnoit tant d'admiration. Il vint donc av
nous, et nous présenta un homme de qu
lité, pour qui il avoit beaucoup de co
sidération, qui s'appeloit Mulziman. l
soir Alamir continua à nous paroître t
que nous l'avions trouvé d'abord : j'éto
surprise à tous momens de l'agrément
son esprit et de sa personne ; et cet étonn
ment m'occupoit si fort, que je devois bi
soupçonner dès lors qu'il y avoit quelq
chose de plus que de la surprise. Il me se

qu'il me regardoit avec beaucoup d'at-
tion, et qu'il me donnoit de certaines
anges qui me faisoient voir que ma per-
me lui plaisoit pour le moins autant que
e de Zayde.

Le lendemain, au lieu de partir, comme
isemblablement il le devoit faire, il
agea Alasinthe et Belenie à le retenir.
nvoya chercher des chevaux arabes
l avoit amenés; il les fit monter par
sieurs personnes qui étoient à lui, et
monta lui-même avec cette adresse si
iculière à ceux de sa nation. Il trouva
oyen de passer trois ou quatre jours
nous, et de gagner si bien l'esprit
asinthe et de Belenie, qu'elles con-
irent qu'il vînt les revoir pendant le
ur qu'il feroit en Chypre. En nous
tant, il me fit entendre que si j'avois
importunée de sa présence, et que si
étois encore à l'avenir, je devois n'en
ser que moi-même. J'avois néanmoins
arqué que ses regards avoient souvent
attachés sur Zayde; mais souvent aussi
s avois vus attachés sur moi d'une ma-
e qui m'avoit paru si naturelle, que,
ant le langage de ses yeux à plusieurs
es qu'il m'avoit dites, j'étois restée

persuadée que j'avois fait quelque impres
sion sur son cœur. O dieu! que celle qu'
fit sur le mien fut véritable! Sitôt que j
l'eus perdu de vue, je me sentis une tri
tesse que je ne connoissois point. Je quitt
Zayde, j'allai rêver; je ne me trouvai qu
des pensées confuses; je m'ennuyai ave
moi-même; je revins à Zayde, et il me sen
bla que j'allois la chercher pour parl
d'Alamir. Je la trouvai occupée, avec s
filles, à faire des festons de fleurs; et
ne me parut pas qu'elle se souvînt d'avo
vu ce prince. Je me sentis de l'étonneme
de la voir si attachée à ses fleurs, et je n
trouvai si incapable de m'y amuser, q
je l'en arrachai malgré elle. Nous allâm
nous promener. Je lui parlai d'Alamir,
lui dis qu'il me paroissoit qu'il l'avoit fe
regardée: elle me répondit qu'elle ne s'
étoit pas aperçue. J'essayai de démêler
elle avoit remarqué l'attachement qu
m'avoit témoigné; mais il me sembla qu'el
n'y avoit seulement pas pensé, et je d
meurai si étonnée et si confuse de la di
férence de ce qu'avoit produit en Zay
la vue d'Alamir, et de ce qu'elle avoit pr
duit en moi, que je m'en fis des reproch
qui n'étoient déjà que trop justes.

Quelques jours après, Alamir vint nous voir. Le jour qu'il y revint, Alasinthe et Felenie étoient allées en un lieu dont elles ne devoient revenir que le soir. Alamir me parut plus aimable qu'il n'avoit encore été. Comme Zayde n'y étoit pas, mon malheur voulut que je le visse sans qu'il eût d'autre intention que celle de me regarder; et il me fit paroître tant d'inclination, que celle que j'avois pour lui acheva de me persuader que je lui plaisois comme il me plaisoit. Il me quitta avant l'heure que Zayde devoit revenir, et d'une manière qui me donna lieu de me flatter qu'il ne songeoit pas à la voir. Elle revint long-temps après, et je fus bien étonnée lorsqu'Alasinthe et elle nous dirent qu'elles l'avoient trouvé près du château, et qu'il étoit venu les conduire jusqu'à la porte. Il me sembla que, depuis le temps qu'il étoit parti, il devoit être déjà bien éloigné lorsqu'elles étoient arrivées, et que, s'il ne les eût attendues, il ne les auroit pas rencontrées. J'eus quelque inquiétude de cette pensée : néanmoins je crus que le hasard seul pouvoit avoir fait ce que je m'imaginois; et je me décidai à attendre le temps de revoir Alamir, avec une impatience que je n'avois

jamais sentie. Il vint, quelques jours aprè
porter à Alasinthe la nouvellé de la guerr
que l'empereur Léon avoit dessein de fair
dans l'île de Chypre. Cette nouvelle qu
étoit si importante, lui servit plusieurs fo
de prétexte pour nous revoir; et lorsc
qu'il nous revit, il continua à me témoi
gner les mêmes sentimens qu'il m'avoi
déjà fait paroître. Il falloit que je me se
visse de toute ma raison pour ne pas li
laisser voir les dispositions que j'avois pou
lui. Peut-être que ma raison auroit é
inutile, si les soins que je lui voyois que
quefois pour Zayde, n'eussent aidé à m
retenir. Je n'attribuois pourtant qu'à un
politesse naturelle ce qu'il faisoit pour li
plaire, et son adresse savoit me cacher c
qui m'auroit pu donner d'autres pensée

Nous fûmes avertis que l'armée nava
de l'Empereur étoit près de nos côte
Alamir persuada à Alasinthe et Belenie c
quitter le lieu où nous étions; et quoiqu
notre religion ne nous fît pas appréhendo
les troupes de l'Empereur, l'alliance qu
nous avions avec les Arabes et les dé
sordres que cause la guerre, nous obli
gèrent à suivre le conseil d'Alamir,
d'aller à Famagouste. J'en eus de la joie

parce que je pensai que je serois dans le
même lieu qu'Alamir, et que Zayde et moi
ne serions plus logées ensemble. Sa beauté
m'étoit si redoutable, que j'étois bien aise
qu'Alamir me vît sans la voir. Je crus que
je m'assurerois entièrement des sentimens
qu'il avoit pour moi, et que je verrois si
je devois m'abandonner à ceux que j'avois
pour lui ; mais il y avoit déjà long-temps
qu'il n'étoit plus en mon pouvoir de disposer de mon cœur. Je suis néanmoins
persuadée que si j'eusse eu alors la même
connoissance de l'humeur d'Alamir, que
celle que j'ai eue depuis, j'aurois pu me
défendre de l'inclination qui m'entraînoit
vers lui ; mais comme je ne connoissois
que les qualités agréables de son esprit et
de sa personne, et qu'il paroissoit attaché
à moi, il étoit difficile de résister à cette
inclination qui étoit si violente et si naturelle.

Le jour que nous arrivâmes à Fama-
guste, il vint au-devant de nous. Zayde
fut ce jour-là d'une beauté si admirable,
qu'elle parut aux yeux d'Alamir ce qu'Alamir paroissoit aux miens, c'est-à-dire, la
seule personne que l'on pût aimer. Je m'a-
perçus de l'attention extraordinaire qu'il

avoit à la regarder. Lorsque nous fûm
arrivées, Alasinthe et Bélénie se sé[j]
rèrent : Alamir suivit Zayde, sans ch
cher même un prétexte pour me quitt
Je demeurai pénétrée de la plus gran
douleur que j'eusse jamais sentie. Je c
nus, par sa violence, le véritable attac[h]
ment que j'avois pour ce prince. Ce
connoissance augmenta ma tristesse : j'
visagai l'horrible malheur où j'étois pl[on]
gée par ma faute ; mais après m'être b
affligée, il me revint quelque rayon d'
pérance : je me flattai, comme toutes
personnes qui aiment ; et je m'imagi
que des raisons que j'ignorois avoient cà
ce qui venoit de me déplaire. Je ne
pas long-temps dans cette foible espéran
Alamir avoit voulu pendant quelque tem
nous laisser croire, à Zayde et à moi, q
nous aimoit, pour se déterminer ens[ui]
selon la manière dont il seroit traité
l'une et de l'autre ; mais la beauté de Za[y]
sans le secours de l'espérance, l'entra
entièrement : il oublia même qu'il a
voulu me persuader qu'il s'étoit attac[h]
moi : je ne le vis presque plus : il ne
chercha que pour chercher Zayde
l'aima avec une passion ardente ; et e[l]

e vis pour elle, comme j'eusse été pour
si la bienséance m'eût permis de faire
mes sentimens.

Je ne sais s'il est nécessaire que je vous
ce que je souffrois, et les divers mou-
mens dont mon cœur étoit combattu : je
pouvois supporter de le voir auprès de
de, et de l'y voir si amoureux ; et d'un
re côté, je ne pouvois vivre sans lui.
mois mieux le voir avec Zayde, que
ne le point voir. Cependant, loin que
qu'il faisoit pour elle diminuât ma pas-
il ne servoit qu'à l'augmenter. Toutes
paroles et toutes ses actions étoient tel-
ent propres à me plaire, que si j'eusse
nspirer une conduite à ceux qui m'au-
ent aimée, je l'aurois prescrite telle
Alamir l'avoit pour Zayde. Il est vrai
si que l'amour est si dangereux à voir,
il ne laisse pas d'enflammer, lors même
il ne s'adresse pas à nous. Zayde me
doit compte des sentimens qu'il avoit
r elle, et de l'éloignement qu'elle avoit
r lui. Quand elle m'en parloit ainsi,
ois quelquefois prête à lui avouer l'état
j'étois, afin de l'engager, par cet aveu,
ne pas souffrir la continuation de l'a-
ur de ce prince ; mais je craignois de

le lui faire paroître plus aimable, en lu
montrant combien il étoit aimé: néanmoi
je me fis une loi de ne point rendre de mau
vais offices à Alamir. Je connoissois si bie
l'horrible malheur de n'être pas aimé
que je ne voulois pas contribuer à le fai
sentir à un homme que j'aimois si véri
blement. Peut-être que ce qui m'aida
soutenir ce que j'avois résolu, ce fut le p
d'inclination que Zayde avoit pour lui

Les troupes de l'empereur étoient si co
sidérables, que l'on ne douta point q
Chypre ne fût bientôt en sa puissance. S
le bruit de ce siége, Zulema et Osmin so
tirent enfin du profond oubli où ils étoie
depuis si long-temps. Le calife comme
coit à les craindre, et paroissoit dans
dessein de les éloigner. Ils voulurent
prévenir: ils demandèrent le command
ment des troupes que l'on envoyoit au
cours de Chypre; et nous les vîmes ar
ver lorsque nous les attendions le moi
Ce fut une joie sensible pour Alasinthe
pour Belenie: c'en auroit été une po
moi si j'en avois été capable; mais j'éto
accablée de tristesse, et l'arrivée de Z
lema m'en donna une nouvelle, par l
crainte qu'il ne favorisât les desseins d'Al

Or. Ce que j'appréhendois arriva. Zulema,
que son séjour en Afrique avoit attaché
plus fortement que jamais à sa religion,
souhaitoit avec ardeur que Zayde quittât
la sienne. Il étoit parti de Tunis, dans le
dessein de l'y mener, et de la faire épouser au prince de Fez, de la maison des
Abdéris; mais le prince de Tharse lui parut
si digne de sa fille, qu'il approuva les sentimens qu'il avoit pour elle. Je sentis bien
lors que si je ne voulois pas contribuer
à empêcher Zayde d'aimer Alamir, c'é-
toit pourtant la chose du monde que je
craignois le plus, que de le voir heureux
par elle.

La passion de ce prince étoit devenue
si violente, que tous ceux qui le connoissoient ne pouvoient assez s'en étonner.
Selziman, dont je vous ai parlé, et que
j'entretenois quelquefois, parce qu'il étoit
né d'Alamir, m'en paroissoit dans un
étonnement qui me fit juger qu'il falloit
que ce prince eût été bien éloigné jusqu'alors d'avoir des passions violentes. Alamir fit connoître à Zulema les sentimens
qu'il avoit pour Zayde, et Zulema fit entendre à Zayde qu'il souhaitoit qu'elle
épousât Alamir. Sitôt qu'elle eut appris

une chose qu'elle avoit déjà tant appr[...]
hendée, elle me le vint dire avec beaucou[...]
de marques d'inquiétude. J'avoue que j'[...]
vois peine à comprendre sa douleur,[...]
qu'il me paroissoit difficile d'avoir ta[...]
d'affliction, pour être destinée à passer[...]
vie avec Alamir. Cet infidèle avoit si bi[...]
oublié les sentimens qu'il m'avoit fait p[...]
roître, qu'ayant appris par Zulema la r[...]
pugnance que Zayde avoit témoignée po[...]
lui, il vint m'en faire ses plaintes et im[...]
plorer mon secours. Toute ma raison[...]
toute ma constance furent prêtes à m'[...]
bandonner: je sentis un trouble et u[...]
émotion dont il se seroit aperçu, s'il n'e[...]
été troublé lui-même par la même passi[...]
qui m'agitoit. Enfin, après un silence q[...]
n'en disoit peut-être que trop: Je suis pl[...]
étonnée que personne, lui dis-je, de la r[...]
pugnance que Zayde témoigne pour les v[...]
lontés de Zulema; mais je suis aussi moi[...]
propre que personne à la faire chang[...]
Je parlerois contre mes propres sentime[...]
et le malheur d'être attachée à une pe[...]
sonne de votre nation m'est si connu, q[...]
je ne puis conseiller à Zayde de s'y ex[...]
ser. Belenie m'a fait connoître ce malhe[...]
depuis que je suis née; et je crois qu'Al[...]

...he en a si bien instruit sa fille, qu'il
...a difficile de la faire consentir à ce que
...s souhaitez; et pour moi, je vous as-
...e, encore une fois, que j'en suis moins
...able que personne. Alamir fut très-
...igé de me trouver dans des dispositions
...lui étoient si peu favorables : il espéra
...me gagner en me laissant voir toute sa
...leur et toute la passion qu'il avoit pour
...de. J'étois au désespoir de tout ce qu'il
...disoit; mais je ne laissois pas de le
...ndre, par la conformité de nos mal-
...rs. Je n'avois pas un sentiment qui ne
...combattu par un autre : l'éloignement
...Zayde avoit pour lui, me donnoit
...lque joie, par le plaisir de la vengeance
...e je goûtois pleinement; et néanmoins
...gloire étoit blessée de voir mépriser
...homme que j'adorois.

...e résolus d'avouer à Zayde l'état de
...cœur; et avant de le faire, je la pres-
...d'examiner avec elle-même si elle étoit
...able de résister toujours au dessein
...avoit Zulema de lui faire épouser Ala-
...r. Elle me dit qu'il n'y avoit point
...xtrémité où elle ne se portât, plutôt
...e de se résoudre à épouser un homme
...ne religion si opposée à la sienne, et

dont la loi permettoit de prendre aut
de femmes qu'on en trouvoit d'agréabl
mais qu'elle ne croyoit pas que Zule
la voulût contraindre, et que quand i
voudroit, Alasinthe trouveroit les moy
de l'en empêcher. Ce que me dit Zay
me donna toute la joie dont j'étois ca
ble, et je commençai à lui vouloir dire
que j'avois résolu de lui avouer; mais
trouvai plus de peine et plus d'embar
que je ne l'avois pensé. Enfin, je surmo
tous les mouvemens d'orgueil et de ho
qui s'opposoient à ma résolution, et je
appris, avec beaucoup de larmes, l'é
où j'étois. Elle en fut dans un étonnem
extrême, et me parut aussi touchée
mon malheur que je pouvois le désir
Mais pourquoi, me dit-elle, avez-v
caché si soigneusement vos sentimen
celui qui les a fait naître? Je ne do
point que, s'il les avoit découverts d
bord, il ne vous eût aimée; et je cr
que, s'il en savoit quelque chose, l'es
rance d'être aimé de vous, et les trai
mens qu'il reçoit de moi, l'obligero
bientôt à me quitter. Ne voulez-vous poi
ajouta-t-elle en m'embrassant, que j'
saye à lui faire entendre qu'il doit s'a

...er à vous plutôt qu'à moi. Ah! Zayde, ...pris-je, ne m'ôtez pas la seule chose ...qui m'empêche de mourir de douleur : je ...survivrois pas à celle que j'aurois, si ...lamir avoit appris mes sentimens : j'en ...cois inconsolable, par le seul intérêt de ...ou gloire; mais je le serois encore par ...térêt de ma passion. Je puis me flatter ...il m'aimeroit, s'il savoit que je l'aimas-... Je sais biens néanmoins que l'on n'est ...s aimée pour aimer : mais enfin, c'est ...e espérance; et, quelque foible qu'elle ...t, je ne veux pas me l'ôter, puisque ...st la seule chose qui me reste. Je dis ...core tant d'autres raisons à Zayde, ...ur lui faire voir que je ne devois pas dé-...vrir mes sentimens à Alamir, qu'elle ...a demeura d'accord avec moi; et je ...uvai beaucoup de soulagement à lui ...vir ouvert mon cœur et à me plaindre ...ec elle.

...Cependant la guerre continuoit tou-...ars; et l'on voyoit bien qu'il étoit im-...ssible de la soutenir encore long-temps. ...ut le plat-pays étoit conquis, et Fama-...uste étoit la seule ville qui ne se fût ...s rendue. Alamir s'exposoit tous les ...ars avec une valeur où il paroissoit du

désespoir. Mulziman m'en parloit av[ec]
une affliction extrême. Il me fit voir
souvent combien il étoit surpris de l'att[a]
chement que ce prince avoit pour Zayd[e]
que je ne pus m'empêcher de lui en de[-]
mander la cause, et de le presser de m[e]
dire si Alamir n'avoit jamais été amou[-]
reux, avant que d'avoir vu Zayde. Il e[ut]
quelque peine à m'avouer son étonn[e]
ment; mais je l'en conjurai si fortemen[t]
qu'enfin il me conta les aventures de [ce]
prince. Je ne vous en dirai pas tout le d[é]
tail, parce qu'il seroit trop long : je vo[us]
apprendrai seulement ce qui est néce[s]
saire pour vous faire connoître Alamir [et]
mon malheur.

HISTOIRE D'ALAMIR, PRINCE DE THARS[E]

Je vous ai déjà appris la naissance [de]
ce prince : ce que je vous ai dit de sa pe[r]
sonne et de mes sentimens a dû vous pe[r]
suader qu'il est aussi aimable qu'un hom[me]
peut l'être : aussi avoit-il pensé, dès [sa]
première jeunesse, à se faire aimer; [et]
quoique la manière dont vivent les femm[es]
arabes soit entièrement opposée à la g[a]
lanterie, l'adresse d'Alamir, et le plaisi[r]

monter des difficultés, lui avoit rendu
ce qui auroit été impossible à un
re. Comme ce prince n'est point marié,
que sa religion permet d'avoir plusieurs
mes, il n'y avoit point à Tharse de
ne personne qui ne se flattât de l'espé-
ce de l'épouser. Il étoit bien aise que
té espérance servît à le faire traiter plus
rablement; mais il étoit bien éloigné,
son inclination, de prendre un enga-
ment qu'il ne pût rompre. Il ne cherchoit
le plaisir d'être aimé; celui d'aimer
étoit inconnu. Il n'avoit jamais eu de
table passion; mais sans en ressentir
une, il avoit si bien l'art d'en faire pa-
re, qu'il avoit persuadé son amour à
tes celles qu'il en avoit trouvées dignes.
st vrai aussi que, dans le temps qu'il
geoit à plaire, le désir de se faire aimer
donnoit une sorte d'ardeur qu'on pou-
t prendre pour de la passion : mais si-
qu'il étoit aimé, comme il n'avoit plus
à désirer, et qu'il n'étoit pas assez
oureux pour trouver du plaisir dans
our seul, séparé des difficultés et des
stères, il ne songeoit qu'à rompre avec
e qu'il avoit aimée, et à se faire aimer
ne autre.

Un de ses favoris, appelé Selemin, é
le confident de toutes ses passions, e
avoit lui-même d'aussi légères. Les Ar
célèbrent de certaines fêtes en divers te
de l'année : c'est le seul temps qui do
quelque liberté aux femmes : il leu
permis alors de se promener dans les v
et dans les jardins : elles assistent,
toujours voilées, à des jeux publics
se font pendant quelques jours. Alam
Selemin attendoient ce temps avec in
tience : il ne se passoit jamais sans q
eussent découvert quelques beautés
leur étoient inconnues, et qu'ils n'eus
trouvé le moyen de leur parler, et d'a
quelque intelligence avec elles.

A une de ces fêtes, Alamir vit
jeune veuve appelée Naria, dont la bea
la richesse et la vertu étoient extrao
naires. Le hasard la lui fit voir dévoi
comme elle parloit à une de ses escla
Il fut surpris des charmes de son visa
elle fut troublée de la vue de ce prin
et demeura quelque temps à le regard
Il s'en aperçut, la suivit, et essaya de
faire remarquer qu'il la suivoit : enfin
avoit vu une belle personne, et en a
été regardé : c'étoit assez pour lui don

l'amour et de l'espérance. Ce qu'il apprit de la vertu et de l'esprit de Naria, redoubla en lui l'envie de s'en faire aimer, et le désir de la revoir. Il la chercha avec soin ; il passoit incessamment autour de chez elle, sans l'apercevoir, ni sans croire en être vu ; il se trouva sur son chemin, lorsqu'elle alloit aux bains. Deux ou trois fois, il fut assez heureux pour voir son visage ; toutes les fois qu'il le vit, il le trouva beau, et en fut si touché, qu'il crut que Naria étoit destinée pour arrêter toutes ses inconstances.

Plusieurs jours se passèrent, sans que le prince reçût aucune marque qui lui pût faire juger que Naria approuvoit son amour, et il commençoit à en avoir un chagrin qui troubloit sa joie ordinaire. Néanmoins il n'abandonnoit pas le dessein de se faire aimer de deux ou trois belles personnes, et surtout d'une fille appelée Comade, très-considérable par le rang de son père et par sa beauté. Les difficultés de la voir surpassoient encore, s'il étoit possible, celle de voir Naria ; mais il étoit persuadé que cette belle fille les auroit surmontées, si elle n'eût pas été en la puissance d'une mère qui la gardoit avec un

soin extrême. Ainsi, il n'étoit pas si près
du désir de vaincre ces obstacles, que
résistance de Naria, qui ne venoit q
d'elle seule. Il avoit tenté plusieurs foi
mais inutilement, de gagner ses esclave
pour savoir les jours qu'elle sortoit, et l
lieux où il la pouvoit voir : enfin, un
ceux qui lui avoient résisté avec le pl
d'opiniâtreté, lui promit de l'avertir
tout ce qu'elle feroit. Deux jours après,
lui dit qu'elle alloit à un jardin admira
qu'elle avoit hors de la ville, et que
vouloit se promener autour des murail
de ce jardin, il y avoit des lieux élev
d'où il pourroit la voir. Alamir ne ma
qua pas de se servir de cet avis : il sor
de Tharse déguisé, et passa toute l'apr
dînée autour de ces jardins.

Sur le soir, comme il étoit près de s
retourner, il entendit ouvrir une port
il regarda, et aperçut l'esclave qu'il a
gagné, qui lui faisoit signe de s'approch
Il crut que Naria se promenoit, et q
la verroit de cette porte : il s'avança
se trouva dans un cabinet superbe et re
pli de tous les ornemens qui pouvoi
l'embellir ; mais aucun ne le frappa si
vement que la vue de Naria assise sur

...reaux, sous un pavillon magnifique, ...mme on représente la déesse des amours: ...ux ou trois de ses femmes étoient dans ...coin du cabinet. Alamir ne put s'em-...cher d'aller se jeter à ses pieds, avec un ... si rempli de transport et d'étonnement, ...'il augmenta le trouble modeste qui pa-...ssoit sur le visage de cette belle per-...sne.

...Je ne sais, lui dit-elle en l'obligeant à ...relever, si je devrois vous montrer l'in-...nation que j'ai eue pour vous, après vous ...voir cachée si long-temps. Je crois que ...vous l'aurois cachée toute ma vie, si ...us aviez pris moins de soin de me faire ...ir celle que vous avez eue pour moi ; ...is j'avoue que je n'ai pu résister à une ...ssion soutenue par si peu d'espérance. ...us m'avez paru aimable dès le premier ...ment que je vous ai vu : j'ai cherché ...ous voir, sans que vous me vissiez, avec ...s de soin que vous ne m'avez cherchée : ...in, j'ai voulu mieux connoître la passion ...e vous avez pour moi, et m'en assurer ...r vos paroles, comme vous m'en avez ...rée par vos actions.

...Quelles assurances, grands dieux, cher-...oit Naria dans les paroles d'Alamir?

Elle n'en connoissoit guère le charme tro[m]
peur et inévitable. Il surpassa les esp[é]
rances qu'elle avoit conçues de son amou[r]
et par son esprit flatteur et insinuant,
acheva de se rendre maître du cœur [de]
cette belle personne. Elle lui promit [de]
le revoir au même lieu. Il s'en revin[t à]
Tharse, persuadé qu'il étoit l'homme [du]
monde le plus amoureux, et il s'en fall[ut]
peu qu'il ne le persuadât à Mulzimau[t]
à Selemin. Il revit plusieurs fois Nar[ia]
qui lui fit voir la plus grande inclinati[on]
et le plus véritable attachement que l'[on]
ait jamais eu ; mais elle lui apprit qu'[elle]
savoit la disposition qu'il avoit au chan[ge]
ment ; qu'elle étoit incapable de parta[ger]
son cœur avec quelque autre ; que s'il v[ou]
loit conserver le sien, il falloit qu'il [ne]
pensât qu'à elle seule, et qu'elle rompr[oit]
avec lui sur le premier sujet de jalou[sie]
qu'il lui donneroit. Alamir répondit a[vec]
tant de sermens et tant d'adresse, qu[il]
persuada Naria d'une fidélité éternell[e ;]
mais il fut blessé de la seule pensée d'[un]
engagement si exact ; et comme il n'y a[voit]
plus d'obstacles ni de difficultés à la vo[ir]
son amour commença à se ralentir ; néa[n]
moins il lui témoigna toujours la mê[me]

ssion. Comme elle n'avoit point eu d'au-
pensée que de l'épouser, elle croyoit
'il n'y avoit point d'obstacles, puisqu'elle
imoit et qu'elle en étoit aimée ; si bien
'elle commença à lui parler de leur ma-
ge. Alamir fut surpris de ce discours ;
is son adresse empêcha sa surprise de
roître, et Naria crut que dans peu de
urs elle épouseroit ce prince.

Depuis que l'amour qu'il ressentoit pour
e avoit commencé à diminuer, il avoit
oublé ses soins pour Zoromade ; et par
ecours d'une tante de Selemin, que la
eur de son neveu rendoit complaisante
x passions du prince, il avoit trouvé le
yen de lui écrire. L'impossibilité de la
r étoit toujours pareille, et par là sa
sion étoit toujours augmentée.

l n'avoit d'espérance qu'en une fête
se fait au commencement de l'année.
coutume a établi de se faire des présens
ignifiques pendant cette fête ; et l'on ne
dans les rues que des esclaves chargés
tout ce qu'il y a de plus rare. Alamir
oya des présens à plusieurs personnes.
mme Naria avoit de la fierté et de la
ndeur, elle n'en vouloit point recevoir
considérables. Il lui donna des parfums

d'Arabie, qui étoient si rares, qu'il n'
avoit que ce prince qui en eût : il les lu
envoya avec tous les ornemens qui pou
voient les rendre agréables.

    Jamais Naria n'avoit été plus vivemen
touchée de passion pour ce prince ; et s
elle eût suivi les mouvemens de son cœur
elle seroit demeurée chez elle à penser
lui, et auroit renoncé à tous les divertiss
semens où elle n'auroit pu le voir. Néan
moins, comme elle étoit priée par la mèr
de Zoromade d'aller chez elle à une sort
de festin qui se faisoit pendant la fête
elle ne put s'en dispenser : elle y alla,
en entrant dans un grand cabinet, elle fu
surprise de sentir les mêmes parfum
qu'Alamir lui avoit envoyés. Elle s'arrê
avec étonnement pour demander d'où ve
noit une odeur aussi agréable. Zoromade
qui étoit fort jeune et peu accoutumée
cacher quelque chose, rougit et fut en
barrassée. Sa mère, voyant qu'elle ne ré
pondoit point, prit la parole et dit, com
elle le pensoit en effet, que c'étoit la tan
de Selemin qui les avoit envoyés à sa fill
Cette réponse ne laissa plus de doute à Nar
que ces présens ne vinssent du prince : ell
les vit avec les mêmes ornemens qu'el

voit reçus les siens, et même avec quelque chose de plus. Cette connoissance lui
donna une douleur si vive, qu'elle feignit
de se trouver mal, et s'en alla chez elle
aussi malade en effet qu'elle vouloit le paroître. Elle étoit fière et sensible : l'idée
d'être trompée par un homme qu'elle adoroit, la mettoit dans un état pitoyable ;
mais avant que de s'abandonner au désespoir, elle résolut de s'éclaircir de l'infidélité de ce prince.

Elle lui manda qu'elle étoit malade, et
qu'elle ne pourroit aller, pendant la fête,
à aucun des divertissemens publics. Alamir la vint voir ; il l'assura qu'il abandonneroit aussi tous ces divertissemens, puisqu'elle ne s'y trouveroit pas : enfin, il lui
parla d'une manière qui la persuada presque qu'elle lui faisoit injure de le soupçonner. Néanmoins, sitôt qu'il fut sorti,
elle se leva, et se déguisa de manière qu'il
ne pouvoit la connoître. Elle alla dans les
lieux où elle crut pouvoir le trouver ; et
le premier objet qui s'offrit à sa vue, fut
Alamir déguisé ; mais il ne le pouvoit être
pour elle ; elle le reconnut qui suivoit Zoromade ; et pendant les jeux qui se faisoient, elle le vit toujours attaché auprès

de cette belle fille. Le lendemain, elle le
suivit encore ; mais au lieu de le voir chercher Zoromade, elle le vit déguisé d'une
autre façon, et attaché auprès d'une autre
personne. D'abord sa douleur fut moindre,
et elle eut de la joie de penser qu'Alamir
n'avoit parlé à Zoromade que par occasion
ou par divertissement. Elle se mêla parmi
les femmes qui étoient avec cette jeune
personne qu'Alamir suivoit ; et elle s'en
approcha de si près, qu'au tournant d'une
place où cette jeune personne étoit arrê-
tée, elle entendit Alamir lui parler avec
ce même air et ces mêmes paroles qui lui
avoient si bien persuadé son amour. Jugez
de ce que devint Naria, et la cruelle douleur qu'elle sentit. Elle se seroit trouvée
heureuse dans ce moment, si elle avoit pu
croire que Zoromade eût été le seul attachement d'Alamir : elle auroit cru au moins
que l'inclination qu'il auroit eue pour cette
belle personne, auroit causé son changement : elle auroit pu se flatter d'avoir été
aimée de lui, avant qu'il se fût attaché à
Zoromade ; mais en voyant qu'il étoit capable de donner les mêmes soins et de dire les
mêmes paroles à deux ou trois en même
temps, elle voyoit qu'elle n'avoit occupé

...se son esprit, et non pas son cœur, et qu'elle n'avoit fait que son amusement, sans faire sa félicité.

C'étoit une aventure si cruelle pour une personne de son humeur, qu'elle n'avoit pas la force de la supporter. Elle s'en retourna chez elle, accablée de douleur et d'affliction ; elle y trouva une lettre d'Alamir, qui l'assuroit qu'il étoit renfermé chez lui, et qu'il ne pouvoit rien voir, puisqu'il ne la voyoit pas. Cette tromperie lui faisoit juger de quel prix avoient été toutes les actions passées d'Alamir, et elle mouroit de honte d'avoir fait si long-temps le bonheur d'un attachement qui n'avoit été qu'une trahison. Elle se détermina bientôt à ce qu'elle devoit faire : elle lui écrivit tout ce que la douleur, la tendresse et le désespoir peuvent faire penser de plus vif et de plus passionné ; et sans lui apprendre ce qu'elle devenoit, elle lui disoit un éternel adieu. Il fut surpris de cette lettre, et même il en fut affligé. La beauté et l'esprit de Naria étoient à un si haut point, qu'ils rendoient sa perte fâcheuse, même à l'humeur inconstante d'Alamir. Il alla conter son aventure à Mulziman, qui lui fit quelque honte de son procédé.

Vous vous trompez , lui dit-il, si vous ê
persuadé que la manière dont vous en us
avec les femmes ne soit pas contraire a
véritables sentimens d'un honnête homu
Alamir fut touché de ce reproche. Je ve
me justifier auprès de vous, lui répondit
et je vous estime trop pour vouloir vo
laisser dans une aussi mauvaise opinion
moi. Croyez-vous que je fusse assez dér
sonnable pour ne pas aimer avec fidél
une personne qui m'aimeroit véritab
ment? Mais croyez-vous vous justifi
interrompit Mulziman, en accusant cel
que vous avez aimées? Y en a-t-il qu
qu'une qui vous ait trompé, et Naria
vous aimoit-elle pas avec une passion s
cère et véritable? Naria croyoit m'aime
répliqua Alamir ; mais elle aimoit m
rang, et celui où je pouvois l'élever.
n'ai trouvé que de la vanité et de l'am
tion dans toutes les femmes : elles ont ai
le prince, et non pas Alamir. L'envie
faire une conquête éclatante ; et le dé
de s'élever et de sortir de cette vie
nuyeuse où elles sont assujéties, a fait
elles ce que vous appelez de l'amou
comme le plaisir d'être aimé et l'envie
surmonter des difficultés, font en moi

il leur paroît de la passion. Je crois que
vous faites injustice à Naria, dit Mulziman, et qu'elle aimoit véritablement votre
personne. Naria m'a parlé de m'épouser,
aussi bien que les autres, répondit Alamir,
je ne sais si sa passion étoit plus véritable. Quoi! reprit Mulziman, vous voulez
qu'on vous aime, et qu'on ne pense pas à
vous épouser? Non, dit Alamir, je ne veux
pas qu'on pense à m'épouser, quand je suis
au-dessus de celles qui y prétendent. Je
voudrois qu'on y pensât, si l'on ne me
connoissoit pas pour ce que je suis, et
qu'on crût faire une faute en m'épousant.
Mais tant qu'on me regardera comme un
prince qui peut donner de l'élévation et
quelque liberté, je ne me croirai pas obligé
à une grande reconnoissance du dessein
qu'on aura de m'épouser, et je ne le pren-
drai jamais pour de l'amour. Vous verrez,
ajouta-t-il, que je ne serois pas incapable
d'aimer fidèlement, si je pouvois trouver
une personne qui m'aimât sans connoître
ce que je suis. Vous voulez une chose impossible pour faire voir votre fidélité, répartit Mulziman; et si vous étiez capable
d'inconstance, vous en auriez, sans attendre des occasions extraordinaires.

L'impatience de savoir ce qu'étoit
venue Naria, fit finir cette conversati
Alamir alla chez elle : il apprit qu'elle é
partie pour aller à la Mecque, et que l
ne savoit ni le chemin qu'elle avoit p
ni le temps où elle reviendroit. C'étoit a
pour lu faire oublier Naria : il ne pe
plus qu'à Zoromade, qui étoit gardée a
un soin qui rendoit presque toute
adresse inutile. Ne sachant plus ce q
pouvoit faire pour la voir, il résolut
hasarder la chose du monde la plus hard
qui étoit de se cacher dans une des m
sons où les femmes vont se baigner.

Les bains sont des palais magnifiqu
les femmes y vont trois ou quatre foi
semaine ; elles prennent plaisir à faire
roître leur magnificence, en faisant m
cher devant et après elles un nombre
fini d'esclaves, qui portent toutes les ch
qui leur sont nécessaires. L'entrée de
maisons est défendue aux hommes, s
peine de la vie ; et il n'y a point de p
sance qui pût les sauver, s'ils y étoi
trouvés. La qualité d'Alamir le garan
soit de la rigueur des lois ordinaires ; m
son rang l'exposoit à une révolte et à
sédition dont il n'auroit pu sauver ni
vie ni son état.

Des raisons si considérables ne purent
retenir : il écrivit à Zoromade : il lui
manda ce qu'il étoit résolu de hasarder
pour la voir, et il la pria de l'instruire de
ce qu'il devoit faire pour lui parler. Zoromade eut de la peine à consentir au hasard
où Alamir vouloit s'exposer ; mais enfin,
emportée par la passion qu'elle avoit pour
lui, et forcée par cette contrainte insupportable où vivent les femmes arabes, elle
lui manda que s'il trouvoit le moyen d'entrer dans la maison des bains, il falloit
qu'il sût l'appartement où elle avoit accoutumé d'aller ; que, dans cet appartement,
il y avoit un cabinet où il pourroit se cacher ; qu'elle ne se baigneroit point, et
que, pendant que sa mère iroit dans les
bains, elle pourroit l'entretenir. Alamir
sentit un plaisir sensible d'avoir une si difficile entreprise à exécuter. Il gagna le
maître des bains par des présens considérables : il sut le jour que Zoromade y devoit aller : il entra pendant la nuit ; il se
fit conduire dans l'appartement où étoit ce
cabinet, et y attendit le matin avec toute
l'impatience qu'auroit pu avoir un homme
véritablement amoureux.

A peu près à l'heure que Zoromade de-

14

voit venir, il entendit dans la chambre
bruit que font plusieurs personnes qu
entrent : quelque temps après, ce bruit
minua, et on ouvrit la porte de ce cabin
Il s'attendoit à voir entrer Zoromade ; n
au lieu d'elle, il vit une personne qu'il
connoissoit pas, magnifiquement habill
d'une beauté qui avoit toute la fleur
toute la naïveté de la première jeune
Cette personne fut aussi surprise de la v
d'Alamir, qu'Alamir l'étoit de la sienn
il n'étoit pas moins propre qu'elle à d
ner de l'étonnement, par l'agrément d
personne et par la beauté de ses hab
et c'étoit une chose si extraordinaire
voir un homme en ce lieu, que si Alam
n'eût fait signe à cette jeune personne
ne rien dire, elle se fût écriée d'une m
nière qui auroit fait venir à elle ceux
étoient dans la chambre. Elle s'approc
d'Alamir, qui étoit charmé de cette av
ture, et lui demanda par quel hasard
s'étoit trouvé en ce lieu. Il lui répon
que ce seroit une chose trop longue à
raconter ; mais qu'il la conjuroit de
vouloir rien dire, et de ne pas perdre
homme qui ne comptoit pour rien le p
où il se trouvoit, puisqu'il devoit à ce p

...laisir de voir la plus belle personne du ...nde. Elle rougit avec un air d'inno-...ce et de modestie propre à toucher un ...ur moins sensible que celui d'Alamir. ...serois bien fâchée, lui répondit-elle, ...ien faire qui pût vous nuire ; mais vous ... bien hasardé en entrant ici, et je ne ...si vous savez le danger où vous vous ... exposé. Oui, madame, répartit Ala-..., je le sais, et ce n'est pas le plus grand ...t je sois menacé aujourd'hui. Après ...paroles, dont il jugea bien qu'elle en-...roit le sens, il la supplia de lui dire ...elle étoit, et comment elle étoit en-... dans ce cabinet. Je m'appelle Elsi-..., lui répondit-elle ; je suis fille du ...verneur de Lemnos ; ma mère n'est à ...rse que depuis deux jours, où elle ...oit jamais venue non plus que moi : ... se baigne présentement : je n'ai pas ...u me baigner, et le hasard m'a fait ...er dans ce cabinet. Mais je vous con-..., ajouta-t-elle, de m'apprendre aussi ...ous êtes. Alamir fut bien aise de trou-...ne jeune personne qui ne le connût ... il lui dit qu'il s'appeloit Selemin (ce ...e nom qui s'offrit le premier à son ...t). Comme il parloit, il entendit du

bruit : Elsibery s'avança vers la porte
cabinet, pour empêcher qu'on n'ent
Alamir la suivit de quelques pas, oubli
le péril où il se mettoit. Ne sauroit
espérer de vous revoir, madame ? lui
il. Je ne sais, répartit-elle avec un
plein de trouble ; mais il me semble q
n'est pas impossible. En disant ces m
elle sortit, et ferma la porte.

Alamir demeura charmé de son av
ture ; il n'avoit jamais rien vu de si b
ni de si aimable qu'Elsibery : il cro
avoir remarqué qu'il ne lui déplaisoit
Elle ne le connoissoit point pour le pri
de Tharse : enfin, il y trouvoit tou
qui pouvoit le toucher ; et il demeura
qu'à la nuit dans ce cabinet, sans son
qu'il y étoit venu pour voir Zoroma
tant il étoit rempli de l'idée d'Elsiber

Zoromade n'étoit pas si tranquille :
aimoit véritablement Alamir : le péri
elle savoit qu'il étoit exposé, lui don
une inquiétude mortelle, et un dépl
sensible de n'avoir pu en profiter. Sa
s'étant trouvée mal, elle n'avoit pas v
aller aux bains ; et l'on avoit donné
partement où elle alloit d'ordinaire,
mère d'Elsibery. Alamir trouva, à

...ur, une lettre de Zoromade, qui lui ...enoit ce que je viens de vous dire, et ...lui apprenoit aussi qu'on parloit de la ...er; mais qu'elle n'en avoit pas d'in- ...tude, puisqu'il pouvoit empêcher ce ...age, en découvrant à son père les ...tions qu'il avoit pour elle. Il montra ...lettre à Mulziman, pour lui faire ...que toutes les femmes n'étoient tou- ...s que du désir de l'épouser. Il lui ...l'aventure qui lui étoit arrivée aux ...: il exagéra les charmes d'Elsibery, ...joie qu'il avoit de croire que, sans le ...oître pour le prince de Tharse, elle ...de l'inclination pour lui. Il l'assura ...avoit enfin trouvé ce qui méritoit ...ager son cœur, et qu'on verroit s'il ...oit pas un véritable attachement pour ...ery. En effet, il résolut d'abandon- ...outes les autres galanteries, pour ne ...penser qu'à se faire aimer de cette ...personne. Il lui étoit presque im- ...le de la voir, surtout étant résolu de ...s se faire connoître pour le prince ...arse. La première chose qui lui vint ...esprit, fut de se cacher encore dans ...ison des bains; mais il apprit que ...e d'Elsibery étoit malade, et que sa ...e sortoit point sans elle.

Cependant le mariage de Zorom

s'avançoit, et le désespoir de se voir ab

donnée du prince, l'obligea d'y con

tir. Comme son père étoit un homme

considérable, et que celui qu'elle ép

soit ne l'étoit pas moins, on résolu

faire de grandes cérémonies à ses no

Alamir apprit qu'Elsibery devoit s'y tu

ver. La manière dont les noces se

chez les Arabes, ne lui donnoit au

espérance de l'y voir, parce que les

mes sont entièrement séparées des

mes et dans les mosquées et dans le

tins. Il résolut néanmoins de hasarde

chose aussi périlleuse que celle qu'il

hasardée pour Zoromade. Il feignit

trouver mal le jour de la cérémonie,

de se dispenser d'y assister publiquem

il s'habilla en femme, mit un grand

sur sa tête, comme en ont toutes

qui sortent, et s'en alla à la mosquée

la tante de Selemin. Il vit arriver

bery; et bien qu'elle fût voilée, sa

avoit quelque chose de si particulie

son habillement étoit si différent de

de Tharse, qu'il ne craignoit pas

méprendre. Il la suivit jusqu'aupr

lieu où se faisoit la cérémonie, et

...uva si près de Zoromade, que, poussé par un reste de son humeur naturelle, il ... put s'empêcher de se faire connoître à ...e, et de parler comme s'il ne se fût dé-...isé que pour la voir. Cette vue apporta ...si grand trouble dans l'esprit de Zoro-...de, qu'elle fut contrainte de reculer ...elques pas; et se tournant du côté d'A-...mir: Il y a de l'inhumanité, lui dit-elle, ...venir troubler mon repos par une ac-...un qui devroit me persuader que vous ...aimez, si je ne savois trop bien le con-...raire; mais j'espère que je ne souffrirai ...us long-temps les maux où vous m'avez ...ongée. Elle n'en put dire davantage, et ...Aamir ne put répondre. La cérémonie ...cheva, et toutes les femmes se remirent ...leur place.

...Alamir ne pensa pas seulement à la ...douleur où il avoit vu Zoromade, et ne ...t occupé que du soin de parler à Elsi-...bry. Il se mit à genoux auprès d'elle, et ...ommença à faire ses prières assez haut, ...lon la manière des Arabes. Le murmure ...onfus de ce grand nombre de personnes ...i parlent en même temps, fait qu'il est ...ifficile d'être entendu que de ceux de ...ui l'on est fort près. Alamir, sans tour-

ner la tête du côté d'Elsibery et sans chan:
ger le ton de ses prières, l'appela plu:
sieurs fois. Elle se tourna vers lui : comm:
il vit qu'elle le regardoit, il laissa tombe:
un livre, et en le ramassant, il releva un pe:
son voile, en sorte qu'Elsibery seule pou:
voit le remarquer, et lui fit voir un visag:
dont la beauté et la jeunesse ne démen:
toient point l'habillement de femme. I:
vit bien que ce déguisement ne l'avoit pa:
rendu méconnoissable à Elsibery ; il lu:
demanda néanmoins s'il étoit assez heu:
reux pour être reconnu. Elsibery, don:
le voile n'étoit pas entièrement baissé:
tournant les yeux du côté d'Alamir, sans:
tourner la tête : Je ne vous connois qu:
trop, lui dit-elle ; mais je tremble pour l:
péril où vous êtes. Il n'y en a point où j:
ne m'expose, lui répondit-il, plutôt que:
de ne vous point voir. Ce n'étoit pas pou:
me voir, lui dit-elle, que vous vous étie:
exposé dans la maison des bains, et peut:
être n'est-ce pas encore pour moi que:
vous êtes ici. C'est pour vous seule, ma:
dame, répliqua-t-il, et vous me verre:
tous les jours affronter de nouveaux dan:
gers, si vous ne me donnez quelqu:
moyen de vous parler. Je vais demau:

vec ma mère au palais du calife, reprit-
il, trouvez-vous-y avec le prince : mon
le sera levé, parce que c'est la pre-
ère fois que j'y entre. Elle se tut, et ne
olut plus rien dire, de peur d'être en-
due des femmes qui étoient près d'elle.
Alamir demeura bien embarrassé sur
endez-vous qu'elle lui donnoit. Il sa-
o bien que la première fois que l'on
ne les femmes de qualité au palais du
afe, si le calife, ou les princes ses en-
entrent dans le lieu où elles sont,
ls ne baissent pas leur voile ; et hors cette
mière fois, on ne les y revoit jamais
voilées. Ainsi, Alamir étoit assuré de
Elsibery ; mais pour la voir, il falloit
ire connoître pour le prince de Tharse,
étoit à quoi il ne pouvoit se résoudre.
laisir d'être aimé par le seul agrément
personne, le touchoit si fort, qu'il
vouloit pas s'en priver. C'étoit aussi
chose fâcheuse de perdre une occa-
de voir Elsibery, et une occasion
elle lui donnoit elle-même. Cette légère
ousie qu'elle lui avoit témoignée de
oir trouvé dans la maison des bains,
il n'étoit pas pour elle, l'engageoit en-
ce à ne manquer à rien de ce qui pou-

voit la persuader d'un véritable attach[e]
ment. Cet embarras le fit demeurer lon[g-]
temps sans lui répondre; enfin, il lui [de]
manda s'il ne pourroit point lui écri[re.]
Je n'oserois me fier à personne, lui d[it]
elle; mais gagnez, s'il vous est possib[le,]
un esclave qui s'appelle Zabelec.

Alamir demeura satisfait de ces parol[es.]
On sortit du temple; il alla changer d'h[a-]
bit, et penser à ce qu'il devoit faire [le]
lendemain. Quelque difficulté qu'il trou[vât]
à cacher sa qualité à Elsibery, et quelq[ue]
peine que cette entreprise lui donn[ât,]
parce qu'elle l'obligeoit à fuir la perso[nne]
du monde qu'il avoit le plus d'envie [de]
rencontrer, il résolut de l'exécuter; e[t]
voulut voir s'il seroit véritablement ai[mé]
sans le secours de sa naissance. Après a[voir]
résolu de quelle manière il devoit se c[on-]
duire, il écrivit cette lettre à Elsibery.

Lettre d'Alamir à Elsibery.

« Si j'avois déjà mérité quelque ch[ose]
auprès de vous, ou si vous m'aviez don[né]
quelque espérance, peut-être que je [ne]
vous demanderois pas ce que je vais v[ous]
demander, quoiqu'il semblât que j'eu[sse]

s de raison de le prétendre. Mais, ma-
ne, à peine me connoissez-vous : je
erois me flatter d'avoir fait quelque
ression dans votre cœur : vous n'êtes
agée ni par vos sentimens, ni par vos
les, et vous allez demain dans un lieu
vous verrez un prince qui n'a jamais
vu de beau qu'il ne l'ait aimé. Que
lois-je point craindre, madame, de
e entrevue ? Je ne puis douter qu'Ala-
ne vous aime ; et quoiqu'il y ait peut-
du caprice à craindre autant que je
ains que vous ne voyiez ce prince,
il ne soit assez heureux pour vous
e, je ne puis m'empêcher de vous
lier de ne le pas voir. Pourquoi me
eriez-vous, madame ? Ce n'est point
aveur que je vous demande ; et je suis
-être le seul homme du monde qui
mais souhaité une pareille chose. Je
ien qu'elle doit vous paroître bizarre ;
ne le paroît encore plus qu'à vous ;
ne refusez pas cette grace à un homme
ient d'exposer sa vie pour pouvoir
dire seulement qu'il vous aime ».

rès avoir écrit cette lettre, il se dé-
, afin d'aller lui-même, avec des
à qui il se fioit, tâcher d'apprendre

qui étoit celui dont Elsibery lui a
parlé. Il fit tant de diligence autour d[e]
maison du gouverneur de Lemnos, qu[']
fin un vieil esclave qu'il gagna, lui
chercher Zabelec. Il vit de loin veni[r]
jeune esclave: il fut surpris de la be[auté]
de sa taille et de la délicatesse de
visage. Alamir se cachoit dans l'enfo[nce]
ment d'un portique où il faisoit assez [obs]
cur, et ce jeune esclave, en s'approch[ant]
regardoit Alamir, comme s'il eût été [de]
sa connoissance. Enfin, lorsqu'il fut
de lui, ce prince, sans se faire voir, co[m]
mença à lui parler d'Elsibery. L'escl[ave]
entendant cette voix qu'il ne connoi[ssoit]
point, changea tout d'un coup de vis[age]
et après avoir fait un grand soupir
baissa les yeux, et demeura sans pa[rler]
avec une tristesse si profonde, qu'Al[amir]
ne put s'empêcher de lui en demand[er la]
cause. Je croyois connoître celui qu[i me]
demandoit, lui répondit-il, et je ne cro[yois]
pas que ce fût d'Elsibery dont on me
lût parler; mais achevez: tout ce qu[i re]
garde Elsibery me touche sensiblem[ent]
Alamir fut surpris et embarrassé de la [ma]
nière dont cet esclave lui parloit. Il ac[heva]
néanmoins ce qu'il avoit commenc[é]

donna une lettre, ne se faisant contre que sous le nom de Selemin. La tris-
se et la beauté de cet esclave firent
imaginer à ce prince que c'étoit quelque
amant d'Elsibery, qui s'étoit déguisé pour
être auprès d'elle. Le trouble qu'il lui
avoit vu lorsqu'il lui avoit parlé de lui
donner des lettres, ne l'en laissoit pas douter; mais il pensoit aussi que si Elsibery
eût connu cet esclave pour son amant,
elle ne l'auroit pas choisi pour lui donner
les lettres d'un rival : enfin, cette aventure l'embarrassoit, et de quelque manière qu'elle pût être, l'esclave lui paroissoit trop aimable et d'un air trop au-dessus
de sa condition, pour le souffrir sans peine
auprès d'Elsibery.

Il attendit le lendemain avec diverses
sortes d'inquiétudes ; il alla de bonne
heure chez la princesse sa mère. Jamais
amant n'eut tant d'impatience de voir sa
maîtresse, qu'Alamir avoit de désir de ne
point voir la sienne ; et jamais un amant
n'eut tant de raison de souhaiter de ne
pas la voir. Il pensoit que si Elsibery ne
venoit point au palais, c'étoit lui accorder la grace qu'il lui avoit demandée ;
que c'étoit aussi une marque qu'elle avoit

15

reçu la lettre qu'il avoit mise entre
mains de Zabelec ; et que si cet esclave
lui avoit rendue, il falloit qu'il ne fût
son rival. Enfin, en ne voyant point a
ver Elsibery avec sa mère, il appre
qu'il avoit un commerce établi avec e
qu'il n'avoit point de rival, et qu'il p
voit espérer d'être aimé. Il étoit occ
de ces pensées, lorsqu'on vint l'avertir
la mère d'Elsibery arrivoit, et il eu
plaisir de voir qu'elle n'étoit pas suivi
sa fille. Jamais transport ne fut parei
sien. Il se retira, ne voulant pas m
que son visage fût connu de la mère
maîtresse, et s'en alla attendre che
l'heure qu'il avoit prise pour parler
belec.

Le bel esclave revint le trouver,
autant de tristesse sur le visage qu'
avoit le jour précédent, et lui appor
réponse d'Elsibery. Ce prince fut ch
de cette lettre ; il y trouva de la mod
mêlée avec beaucoup d'inclination.
l'assuroit qu'elle auroit pour lui la
plaisance de ne point voir le princ
Tharse, et qu'elle n'auroit jamais d
pugnance à lui accorder de par
grâces : elle le prioit aussi de ne rie

der pour lui parler, parce que sa timi-
té naturelle, et la manière dont elle
fut gardée, rendoient inutile tout ce
qu'il pourroit entreprendre. Alamir, quoique très-satisfait de cette lettre, ne pouvoit s'accoutumer à la beauté et à la tristesse de l'esclave : il lui fit plusieurs
questions sur les moyens dont il pourroit
se servir pour voir Elsibery ; mais l'esclave
ne répondit qu'avec beaucoup de froi-
deur. Ce procédé augmenta les soupçons
du prince ; et comme il se trouvoit plus
touché de la beauté d'Elsibery, qu'il ne
l'avoit jamais été d'aucune autre, il craignoit d'entrer dans le même état où il
avoit mis toutes celles qu'il avoit aimées,
en le s'engager avec une personne qui auroit d'autres attachemens. Cependant il
lui écrivoit tous les jours : il l'obligeoit à
lui apprendre les lieux où elle alloit ; et
son amour lui donnoit autant de soin de
la fuir dans les lieux publics où elle le
pouvoit connoître pour le prince, qu'il
mettoit d'application à chercher les moyens
de la voir en particulier. Il considéra si
bien tous les environs de la maison où elle
demeuroit, qu'il remarqua que le haut, qui
étoit couvert en terrasse, avoit une espèce

de balcon avancé sur une petite rue
étroite, que l'on pouvoit se parler de
maison qui étoit de l'autre côté. Il trou
bientôt le moyen de se rendre maître
cette maison : il écrivit à Elsibery qu'il
conjuroit de venir la nuit sur sa terras
et qu'il pourroit l'y entretenir ; elle
vint. Alamir pouvoit facilement lui par
sans être entendu ; et l'obscurité n'ét
pas si grande , qu'il n'eût le plaisir
distinguer cette beauté dont il étoit
touché.

Ils entrèrent dans une longue conv
sation sur les sentimens qu'ils avoient l'
pour l'autre. Elsibery voulut être écla
cie de l'aventure qui l'avoit conduit da
la maison des bains. Il lui avoua la
rité, et lui conta tout ce qui s'étoit pa
entre Zoromade et lui. Les jeunes pers
nes sont trop touchées des ces sortes
sacrifices, pour en craindre les conséqu
ces pour elles-mêmes. Elsibery avoit u
inclination violente pour Alamir : elle s'
gagea entièrement dans cette conver
tion, et ils résolurent de se revoir dan
même lieu. Comme il étoit près de se
tirer, il tourna la tête par hasard, et
bien surpris de voir, dans un coin de

...rasse, ce bel esclave qui lui avoit déjà ...oné tant d'inquiétude.

...l ne put cacher son chagrin; et prenant ...arole : Si je vous ai témoigné de la ja...sie, dit-il à Elsibery, la première fois ...ve je vous ai écrit, oserai-je, madame, ...as en témoigner encore la première ...que je vous parle? Je sais que les per...onnes de votre qualité ont toujours des ...slaves auprès d'elle, mais il me semble ...euls ne sont point de l'âge et de l'air de ...eu que je vois auprès de vous : j'avoue ...u ce que je connois de la personne et de ...prit de Zabelec, me le rend aussi re...otable que me le pourroit être le prince ...d'harse. Elsibery sourit de ces discours, ...ppelant le bel esclave : venez, Zabe... ...lui dit-elle, venez guérir Selemin de la ...lusie que vous lui donnez : je n'oserois ...aire sans votre consentement. Je vou... ...ois, madame, lui répondit Zabelec, que ...s eussiez la force de lui laisser la ja...osie. Ce n'est pas pour mon intérêt que ...e souhaite, c'est pour le vôtre, et par ...rainte des malheurs où je vois bien que ...as vous plongez. Mais, seigneur, con...ua l'esclave en s'adressant au prince ...pelle ne connoissoit que pour Selemin,

*

il n'est pas juste de vous laisser soupç
ner la vertu d'Elsibery.

Je suis une malheureuse que le has
a mise à son service : je suis chrétie
grecque, et d'une naissance fort au-d
sus de la condition où vous me voy
Quelque beauté, dont il ne paroît p
être plus de marques, m'avoit attiré
sieurs amans pendant ma première j
nesse : je trouvai en eux si peu de fi
lité et tant de trahisons, que je ne
regardai qu'avec mépris. Un, plus
dèle que les autres, mais qui savoit mi
se déguiser, se fit aimer de moi. Je r
pis, à cause de lui, un mariage très-c
sidérable pour ma fortune. Mes par
nous persécutèrent; il fut obligé de se
tirer : il m'épousa. Je me déguisai en h
me, et je le suivis. Nous nous embarq
mes : il se trouva dans notre vaisseau
personne assez aimable que quel
aventure extraordinaire obligeoit, a
bien que moi, à passer en Asie. Mon
en devint amoureux. Nous fûmes attac
et pris par les Arabes; ils partagèren
esclaves : on donna le choix à mon
et à un de ses parens d'être du nom
des esclaves qui appartenoient au lie

...nt du navire, ou de ceux qui apparte-
...ient au capitaine. Le sort m'avoit donné
...e dernier; et, par une ingratitude sans
...emple, je vis mon mari choisir d'aller
...c le lieutenant, pour suivre cette per-
...ne qu'il aimoit. Ma présence, mes
...mes, ni ce que j'avois fait pour lui, et
...at où il me laissoit, ne purent le tou-
...er. Jugez de ma douleur! On me con-
...sit ici; ma bonne fortune me donna
...père d'Elsibery. Ce que j'ai vu de l'in-
...élité de mon mari ne sauroit me faire
...dre entièrement l'espérance de son re-
...or, et c'est ce qui causa les changemens
...e vous remarquâtes sur mon visage, le
...mier jour que j'allai vous parler. J'a-
...s espéré que c'étoit lui qui me deman-
...t; et quelque mal fondé que fût cet
...soir, je ne pus le perdre sans dou-
...er. Je ne m'opppose point à l'inclina-
...a qu'Elsibery a pour vous: je sais, par
...e cruelle expérience, combien il est
...tile de s'opposer à ces sortes de sen-
...ens; mais je la plains, et je prévois les
...es douleurs que vous lui causerez. Elle
...jamais eu de passion: elle va avoir
...ur vous un attachement sincère et vé-
...able qu'aucun homme qui a déjà aimé
...peut mériter.

Quand elle eut cessé de parler, El
ery dit à Alamir que son père et sa mè
connoissoient sa qualité, son sexe et s
mérite; mais que des raisons qu'elle av
de demeurer inconnue, faisoient qu'on
traitoit en apparence comme un esclav
Ce prince demeura surpris de l'esprit
de la vertu de Zabelec, et il eut beauco
de joie de connoître combien la jalous
qu'il en avoit eue avoit été mal fondé
Il trouva dans la suite tant de charmes
tant de sincérité dans les sentimens d'E
sibery, qu'il étoit persuadé qu'il n'ave
jamais été aimé que par elle. Elle l'aim
sans autre dessein que de l'aimer, et sa
penser quelle fin auroit sa passion : el
ne s'informoit ni de sa fortune ni de s
intentions : elle hasardoit toutes chos
pour le voir, et faisoit aveuglément to
ce qu'il pouvoit souhaiter. Une autre pe
sonne auroit trouvé de la contrainte da
la conduite qu'il desiroit d'elle; car, comm
il vouloit toujours qu'elle le crût Sel
min, il étoit forcé de l'empêcher de
trouver à de certaines fêtes publiques
il étoit obligé de paroître pour le princ
mais elle ne trouvoit rien de difficile po
lui plaire.

Alamir se trouva heureux pendant quelque temps d'être aimé pour l'amour de
lui-même ; mais enfin il lui vint dans l'esprit qu'encore qu'Elsibery l'eût aimé sans
savoir qu'il étoit le prince de Tharse,
peut-être ne laisseroit-elle pas de l'abandonner pour un homme qui auroit cette
qualité. Il résolut de mettre son cœur à
cette épreuve, de faire passer le véritable
chemin pour le prince de Tharse, de faire
ensorte qu'il lui témoignât de l'amour,
de le voir de ses propres yeux de quelle
manière elle le traiteroit. Il apprit son intention à Selemin, et ils trouvèrent ensemble les moyens de l'exécuter. Alamir
fit une course de chevaux, et dit à Elsibery que, pour lui donner quelque part
de divertissement, il engageroit le prince
passer, avec sa troupe, devant ses fenêtres ; qu'ils auroient les mêmes habits ;
qu'il marcheroit à côté de lui, et que bien
qu'il eût toujours appréhendé qu'elle ne
vît Alamir, il se croyoit trop assuré de son
cœur, pour craindre que ce prince attirât
ses regards, surtout dans un lieu où il seroit assez proche pour les partager. Elsibery demeura persuadée que celui qu'elle
verroit auprès de son amant seroit le prince

de Tharse ; et le lendemain , voyant
véritable Selemin auprès d'Alamir, elle
douta point que ce ne fût ce prince : el
trouva même que son amant avoit tort
lui avoir dépeint Alamir comme un homm
si redoutable, et il lui parut qu'il n'éto
pas si agréable que celui qu'elle croyo
son favori. Elle n'oublia pas de dire
Alamir le jugement qu'elle avoit fait ; m
ce n'étoit pas assez pour le satisfaire :
voulut encore éprouver si ce faux prince
lui plairoit point lorsqu'il lui paroîtr
amoureux d'elle , et qu'il lui proposer
de l'épouser.

A une de ces fêtes des Arabes où
prince n'étoit point obligé de paroître
public , il dit à Elsibery qu'il se dégui
roit pour se trouver auprès d'elle. Il
déguisa en effet, et mena Selemin avec l
Ils se mirent près d'Elsibery, et Selem
l'appela deux ou trois fois. Comme e
avoit Alamir dans l'esprit , elle ne do
point que ce ne fût lui; et prenant un tem
où personne ne la regardoit , elle leva s
voile pour se faire voir et pour lui parl
mais elle fut bien surprise de trouver
près d'elle celui qu'elle croyoit le prii
de Tharse. Selemin témoigna être surp

touché de sa beauté ; il voulut lui par-
...; mais elle ne l'écouta point ; et trou-
...e de cette aventure, elle se rapprocha
... sa mère, en sorte que Selemin ne put
...border de tout le reste du jour. La nuit,
...amir vint lui parler sur la terrasse : elle
... conta ce qui lui étoit arrivé, avec une
...rité si exacte et une si grande crainte
...'il ne la soupçonnât d'y avoir contri-
...é, qu'il devoit en être satisfait. Néan-
...oins il ne s'en contenta pas : il fit gagner
...vieil esclave qu'il avoit déjà trouvé sen-
... le aux présens, pour donner une lettre
...Elsibery de la part du prince. Lorsque
...t esclave voulut la lui donner, elle la
...usa, et lui fit une sévère réprimande.
...le en rendit compte à Alamir, qui le sa-
...oit déjà, et qui jouissoit du plaisir de sa
...omperie. Pour achever ce qu'il avoit ré-
...u, il mena Selemin sur la terrasse où
...avoit accoutumé de parler à Elsibery, et
...cacha en sorte qu'elle ne pouvoit le voir,
...ais qu'il pouvoit entendre toutes leurs
...roles. La surprise d'Elsibery fut ex-
...ême, lorsqu'elle vit sur la terrasse celui
...'elle croyoit le prince. Son premier
...ouvement fut de s'en aller ; mais le soup-
...n que son amant la sacrifioit au prince,

et l'envie de s'en éclaircir, la retinre
pour quelques momens. Je ne vous di...
point, madame, lui dit Selemin, si c'e...
par mon adresse ou du consentement ...
celui que vous croyez trouver ici q...
j'occupe la place qui lui étoit destinée : ...
ne vous dirai pas même s'il ignore les se...
timens que j'ai pour vous; vous en juger...
par la vraisemblance et par le pouv...
que la qualité de prince peut me donn...
je veux seulement vous apprendre qu...
d'une seule vue, vous avez fait en moi ...
que de longs attachemens n'avoient ...
faire. Je n'ai jamais voulu m'engager, ...
je ne regarde présentement d'autre bo...
heur que celui de vous faire accepter ...
dignité où je me trouve. Vous êtes la se...
à qui je l'aie offerte, et vous serez la se...
à qui je l'offrirai. Songez plus d'une fo...
madame, à me refuser; et songez qu...
refusant le prince de Tharse, vous re...
sez la seule chose qui peut vous reti...
de cette captivité éternelle à laquelle v...
êtes destinée.

Elsibery n'entendit plus tout ce que ...
dit celui qu'elle croyoit le prince. Si...
qu'il lui eut donné lieu de croire que ...
amant la sacrifioit à son ambition, et s...

répondre à ce qu'il lui venoit de dire : Je
ne sais, seigneur, lui dit-elle, par quelle
aventure vous vous trouvez ici ; mais de
quelle manière que ce puisse être, je ne
dois pas avoir une plus longue conversation avec vous, et je vous supplie de trouver bon que je me retire. En disant ces
paroles, elle quitta la terrasse avec Zabe-
nec qui l'avoit suivie, et s'en alla dans sa
chambre avec autant d'inquiétude qu'Ala-
dir avoit de joie et de tranquillité. Il
voyoit avec plaisir qu'elle méprisoit les
offres d'une si grande fortune, dans le
même moment qu'elle avoit lieu de croire
qu'il l'avoit trompée ; et il ne pouvoit plus
douter qu'elle ne fût à l'épreuve des sentimens d'ambition qu'il avoit appréhendés. Le lendemain il essaya encore de lui
faire donner une lettre de la part du prince,
pour voir si le dépit ne l'auroit point fait
changer ; mais le vieil esclave qui la voulut donner, fut aussi maltraité qu'il l'avoit
été la première fois.

Elsibery avoit passé la nuit dans une
agitation incroyable : toutes les apparences
étoient que son amant l'avoit trahie ; lui
qui pouvoit avoir appris leur intelligence,
et le lieu où ils se parloient. Néanmoins

16

la tendresse qu'elle avoit pour lui ne l
permettoit pas de le condamner san
l'entendre. Elle le revit le jour suivan
et il sut si bien lui persuader qu'il avo
été trahi par un de ses gens, et que le c
life, à la prière de son fils, l'avoit reten
une partie de la nuit pour l'empêcher d
venir sur la terrasse, qu'il se justifia enti
rement auprès d'Elsibery, et lui persuad
même qu'il avoit un déplaisir sensible d
la passion que le prince avoit pour ell
La belle esclave n'étoit pas si aisée à pe
suader qu'Elsibery; et son expérience d
la tromperie des hommes ne lui permetto
pas d'ajouter foi aux paroles du faux S
lemin. Elle tâcha enfin de faire voir à El
sibery qu'il la trompoit; mais peu de tem
après, le hasard lui donna lieu de l'
convaincre.

Le véritable Selemin n'étoit pas si o
cupé des galanteries du prince, qu'il n'
eût pour lui-même. La personne qu'il a
moit alors avoit pour confidente une jeu
esclave qui étoit touchée d'une passion vi
lente pour Zabelec, qu'elle prenoit po
un homme. Elle lui conta l'amour de S
lemin et de sa maîtresse, et la manié
dont ils se voyoient. Zabelec, qui ne co

noissoit Alamir que sous le nom de Sele-
cain, se fit instruire par cette esclave de
tout ce qui pouvoit faire voir à Elsibery
l'infidélité de son amant, et alla le lui apprendre à l'heure même. On ne peut être
plus sensiblement affligé que le fut cette
belle personne; mais elle s'abandonna à
son affliction, sans s'emporter contre celui qui la causoit. Zabelec fit tous ses efforts pour lui persuader de cesser entièrement de voir Alamir, et de ne plus écouter des justifications qui ne pouvoient être
que de nouvelles tromperies. Elsibery eût
bien voulu suivre ses conseils; mais elle
n'en avoit pas la force.

Alamir vint le soir même sur la terrasse;
et il fut bien étonné lorsqu'Elsibery commença la conversation par un torrent de
larmes, et ensuite par des reproches si
tendres, que ceux mêmes qui ne l'auroient pas aimée en auroient été touchés.
Il ne pouvoit comprendre de quoi on pouvoit l'accuser, ni par quel bizarre effet du
hasard, n'ayant jamais été fidèle que pour
Elsibery, elle fût presque la seule qui l'eût
accusé d'infidélité. Il se défendit avec toute
la force que donne la vérité; mais, malgré
la disposition qu'avoit Elsibery à le croire

innocent, elle ne pouvoit ajouter foi à se
paroles. Il la pressa de lui nommer cell
qu'elle l'accusoit d'aimer; elle le fit, t
lui conta toutes les circonstances de leu
commerce. Alamir fut bien surpris, lor
qu'il vit que c'étoit le nom de Selemin q
le faisoit paroître coupable; et il fut bie
embarrassé sur la manière dont il devo
se justifier. Il ne put se déterminer su
l'heure, et il se contenta de faire de nou
veaux sermens de son innocence, sans e
trer dans d'autres justifications. Son em
barras, et des paroles si générales, ne la
sèrent plus douter Elsibery de son infidé
lité.

Cependant ce prince vint conter so
malheur à Selemin, et chercher avec lu
les moyens de faire paroître son innocenc
Je romprois pour l'amour de vous, lui d
Selemin, avec la personne que j'aime,
vous en pouviez tirer quelque avantage
mais quand je cesserois de la voir, Els
bery croiroit toujours qu'au moins il y
eu un temps où vous lui avez été infidèl
et ainsi, elle ne pourroit plus avoir de co
fiance en vos paroles. Si vous voulez la gu
rir entièrement de ses soupçons, je cro
que vous devez lui avouer qui vous êtes.

qui je suis. Elle vous a aimé sans que votre
qualité ait contribué à sa passion : elle m'a
plu le prince de Tharse, et m'a méprisé
pour l'amour de vous : il me semble que
c'est tout ce que vous aviez à souhaiter.
Vous avez raison, mon cher Selemin, s'é-
cria le prince ; mais je ne saurois me résoudre à apprendre ma naissance à Elsibery : je perdrai, en la lui apprenant, ce
qui a fait le charme de mon amour. Je
hasarderai le seul véritable plaisir que j'aie
jamais eu, et je ne sais si je ne perdrai point
la passion que j'ai pour elle. Songez aussi,
seigneur, répondit Selemin, qu'en parois-
sant encore sous mon nom, vous perdrez le
cœur d'Elsibery, et qu'en le perdant, vous
perdrez en effet tous les plaisirs qu'une
fausse imagination vous fait craindre de ne
pas trouver.

Selemin parla avec tant de force à Alamir, qu'enfin il le fit résoudre à déclarer
la vérité à Elsibery. Il le fit dès le même
jour, et jamais personne n'a passé en un
moment d'un état si déplorable à un état
heureux. Elle trouvoit des marques d'une
passion très-sincère et très-délicate dans
tout ce qui lui avoit paru des tromperies :
elle avoit le plaisir d'avoir persuadé son

*

attachement à Alamir, sans le connoître
pour le prince : enfin, elle étoit dans une
joie que son cœur étoit à peine capable de
contenir : elle la laissa voir toute entière
à Alamir, mais cette joie lui fut suspecte
il crut que le prince de Tharse y avoit part
et qu'Elsibery étoit touchée du plaisir de
l'avoir pour amant. Néanmoins il ne lui
lui témoigna pas, et continua de la voir
avec soin. Zabelec étoit surprise de s'être
trompée en se défiant de la passion des
hommes, et elle envioit le bonheur d'Elsibery d'en avoir trouvé un si fidèle. Elle
n'eut pas long-temps sujet de l'envier.
étoit impossible que des choses aussi extraordinaires que celles qu'Alamir avoit
faites pour Elsibery, n'apportassent une
nouvelle vivacité à la passion qu'elle avoit
pour lui. Ce prince s'en aperçut : ce redoublement d'amour lui parut une infidélité, et lui causa le même chagrin que
la diminution lui en auroit dû causer. Enfin, il se persuada si bien que le prince
de Tharse étoit plus aimé qu'Alamir ne
l'avoit été sous le nom de Selemin, que sa
passion commença à diminuer, sans qu'il
prît même de nouvel attachement. Il en
avoit déjà eu de tant de sortes; et cela

qu'il venoit d'avoir avoit eu d'abord quelque chose de si piquant, qu'il se trouva
insensible à tous les autres. Elsibery vit
finir insensiblement l'amour et les soins
qu'il avoit pour elle ; et quoiqu'elle tâchât
de se tromper elle-même, elle ne put
douter de son malheur, lorsqu'elle apprit
que le prince s'en alloit voyager par toute
la Grèce, et elle l'apprit avant qu'il lui en
eût parlé. L'ennui qu'il éprouvoit à Tharse
lui avoit inspiré ce dessein, et il l'exécuta,
sans que les prières et les larmes d'Elsibery pussent le retenir.

La belle esclave trouva alors que sa destinée n'étoit pas plus malheureuse que celle
d'Elsibery, et Elsibery chercha toute sa
consolation à se plaindre avec elle. Son
mari fut tué : elle le sut, et en eut une
vive douleur, malgré l'horrible infidélité
qu'il lui avoit faite. Comme sa mort faisoit
cesser les raisons qu'elle avoit eues de se
fâcher, elle pria le père d'Elsibery de lui
donner la liberté qu'il lui avoit offerte tant
de fois. Il la lui accorda, et elle résolut
de s'en retourner passer le reste de sa vie
dans son pays, éloignée du commerce de
tous les hommes. Elle avoit parlé plusieurs
fois à Elsibery de la religion chrétienne ;

et cette belle personne, touchée de ce
qu'elle lui en avoit dit, et de l'inconstance
d'Alamir, dont elle n'espéroit point de se
consoler, résolut de se faire chrétienne,
de suivre Zabelec, et d'aller vivre avec
elle dans un profond oubli de tous les attachemens de la terre. Elle partit sans en
avertir ses parens, que par une lettre qu'elle
leur laissa.

Alamir avoit déjà commencé ses voyages ; et ce ne fut que par une lettre de Selemin qu'il apprit ce que je viens de vous
dire d'Elsibery. En quelque lieu qu'elle
soit, peut-être trouveroit-elle de la consolation, si elle avoit pu apprendre combien
elle fut vengée de l'infidélité d'Alamir
par la passion violente que lui donna la
beauté de Zayde.

Il arriva en Chypre, et aima cette princesse, comme je vous l'ai dit, après avoir
balancé quelque temps entre elle et moi ;
mais il l'aima avec une passion si différente
de toutes celles qu'il avoit eues, qu'il ne
se reconnoissoit pas lui-même. Il avoit
toujours déclaré son amour aussitôt qu'il
l'avoit senti : il n'avoit jamais craint d'offenser celles à qui il le déclaroit ; et à peine
osoit-il le laisser deviner à Zayde. Il fut

rpris de ce changement; mais lorsque, rcé par sa passion, il l'eût déclarée à yde, et qu'il trouva que l'indifférence elle avoit pour lui ne faisoit qu'aug- enter l'amour qu'il avoit pour elle: quand vit qu'il étoit désespéré du traitement il en recevoit, sans cesser d'en être oureux, et sans croire qu'il pût cesser l'être, il sentit une douleur qui ne peut représenter.

Quoi! disoit-il à Mulziman, l'amour n'a ais eu de pouvoir sur moi qu'autant e j'ai voulu lui en donner: quand il auroit surmonté entièrement, il ne m'au- it donné que de la joie dans tous les ux où j'ai aimé; et il faut que, par la le personne du monde en qui j'aie trou- de la résistance, il me domine avec un pire si absolu, qu'il ne me reste aucun uvoir de me dégager. Je n'ai pu aimer tes celles qui m'ont aimé: Zayde me prise, et je l'adore. Est-ce son admi- le beauté qui produit un effet si extraor- aire, ou seroit-il possible que le seul yen de m'attacher fût de ne pas m'ai- r? Ah! Zayde, ne me mettrez-vous ja- ais en état de connoître que ce ne sont s vos rigueurs qui m'attachent à vous?

Mulziman ne savoit que lui répondre,
tant il étoit surpris de l'état où il le voyoit.
Il tâchoit néanmoins de le consoler, et d'a
doucir ses inquiétudes. Depuis que le père
de Zayde étoit arrivé, et qu'elle s'étoit s
fortement déclarée sur sa résolution de n
pas épouser ce prince, son désespoir étoi
encore augmenté, et le portoit à cherche
la mort avec joie.

Voilà à peu près ce que j'appris de Mul
ziman, continua Félime : peut-être ne vou
l'ai-je raconté qu'avec trop de soin ; mai
pardonnez aux charmes que trouvent celle
qui ont de la passion, à parler des person
nes qu'elles aiment, quoique ce soit mêm
sur des sujets désagréables. Don Olmon
témoigna à cette princesse, que, bien loi
qu'elle lui dût faire des excuses de la lon
gueur de son récit, il lui devoit des re
mercîmens de l'avoir instruit des aventure
d'Alamir. Il la conjura d'achever ce qu'ell
avoit commencé à lui dire, et elle repr
ainsi son discours.

Vous pouvez juger que ce que je sus d
aventures et de l'humeur d'Alamir, ne m
donna pas d'espérance, puisque j'appr
que le seul moyen d'être aimé de lui éto
de ne pas l'aimer. Cependant je ne l'e

imai pas moins. Les dangers où il s'ex=
osoit tous les jours me donnoient des in=
uiétudes mortelles : je croyois que tous les
coups devoient tomber sur sa tête, et qu'il
n'y avoit de péril que pour lui. J'étois si
accablé, qu'il me sembloit que mes maux
ne pouvoient plus augmenter : mais la fortune m'exposa à une sorte de douleur plus
cruelle que tout ce que j'avois encore senti.

Quelques jours après que Mulzimau
n'eut raconté les aventures d'Alamir, j'en
parlois avec Zayde ; et je faisois de si tristes
réflexions sur la cruauté de ma destinée,
que mon visage étoit tout baigné de mes
larmes. Une des femmes de Zayde passa
dans le lieu où nous étions, et laissa la
porte ouverte, sans que je m'en aperçusse.
Il faut avouer que je suis bien malheureuse, disois-je à Zayde, de m'être attachée à un homme si indigne en toutes
façons des sentimens que j'ai pour lui.
Comme j'achevois ces paroles, j'entendis
quelqu'un dans la chambre : je crus que
c'étoit cette même femme qui venoit de
passer ; mais à quel point fus-je surprise
et troublée, quand je vis que c'étoit Alamir, et qu'il étoit si près de moi, que je
ne pus douter qu'il n'eût entendu mes der-

nières paroles. Mon trouble et les larm
qui couloient sur mon visage, m'ôtoie
tous les moyens de lui cacher que ce q
je venois de dire ne fût véritable. Les fo
ces me manquèrent; je perdis la parol
je souhaitai la mort : enfin, je me sen
dans le plus violent état où une personn
se soit jamais trouvée. Pour achever
cruauté de mon aventure, la princes
Alasinthe arriva, suivie de plusieurs d
mes qui se mirent à parler avec Zayd
en sorte que je demeurai seule avec Alam

Ce prince me regarda avec un air q
témoignoit de la crainte d'augmenter l'e
barras où il me voyoit. J'ai bien du dépli
sir, madame, me dit-il, d'être arrivé da
un temps où apparemment vous ne voul
être entendue que de Zayde ; mais, m
dame, puisque le hasard en a disposé a
trement, trouvez bon que je vous deman
s'il est possible qu'un homme qui a é
assez heureux pour ne pas vous déplair
puisse vous obliger à dire qu'il est indig
en toutes façons de l'attachement que vo
avez pour lui. Je sais bien qu'il n'y a poi
d'homme qui puisse être digne de la moi
dre de vos bontés ; mais y en a-t-il qu
qu'un qui puisse vous donner lieu de vo

plaindre de ses sentimens? Ne soyez point
fâchée, madame, que j'aie quelque part
à votre confiance : vous ne m'en trouverez
pas indigne ; et avec quelque soin que vous
m'ayez caché ce que je viens d'apprendre,
j'aurai néanmoins une extrême reconnoissance d'une chose que je ne devrai qu'au
hasard.

Alamir eût encore parlé long-temps,
s'il eût attendu que j'eusse eu la force de
l'interrompre. J'étois si hors de moi-même,
et si combattue de la crainte de lui faire
connoître qu'il étoit celui dont je me plaignois, et de la douleur de le voir persuadé
que j'en aimois un autre, qu'il m'étoit impossible de lui répondre. Vous croirez
peut-être que lui ayant caché avec tant
de soin la passion que j'avois pour lui,
et le voyant si attaché à Zayde, il me devoit être indifférent qu'il s'imaginât que
quelque autre eût pu me plaire ; mais
l'amour se fait déjà une si grande violence
de se cacher à la personne qui l'a fait
naître, qu'il ne peut se faire encore la
cruelle douleur de lui laisser croire qu'il
ait été allumé par un autre. Alamir attri-
buoit tout mon embarras au chagrin de
me voir persuadé que j'avois quelque atta-

17

chement. Je vois bien, madame, repr
il, que vous souffrez avec peine que
sois votre confident; mais il y a de l'
justice au chagrin que vous en avez. Pe
on avoir plus de respect pour vous q
j'en ai, et plus d'intérêt à vous plair
Vous avez un pouvoir absolu sur ce
belle princesse de qui dépend toute 1n
destinée : apprenez-moi, madame, q
est celui dont vous vous plaignez; et si j
autant de pouvoir sur lui que vous en a
sur celle que j'adore, vous verrez si je
saurai pas lui faire connoître son bonhe
et le rendre digne de vos bontés.

Les paroles d'Alamir augmentoient m
trouble et mon agitation : il me pressa en
core de lui dire de qui je me plaigno
Mais que toutes les raisons qui lui do
noient envie de le savoir, me le faisoi
paroître indigne de l'apprendre ! Enfi
Zayde, qui jugea de l'embarras où j'éto
vint nous interrompre, sans qu'il eût
en mon pouvoir de dire une seule par
à Alamir. Je m'en allai sans jeter les ye
sur lui : mon corps ne put soutenir l'a
tation de mon esprit : je tombai mala
dès la nuit même, et ma maladie fut tr
longue.

Dans le nombre de gens de qualité

...meuroient dans l'île de Chypre, il étoit difficile que quelqu'un ne se fût attaché à moi, et ne prît intérêt à la conservation de ma vie. J'apprenois les soins qu'ils avoient de savoir de mes nouvelles : je considérois le peu d'effet que leur amour avoit produit ; et quand je pensois que si Alamir avoit connu mon attachement, il n'auroit pas fait plus d'impression sur lui qu'en faisoit sur moi la passion de ceux qui m'aimoient, je me trouvois heureuse d'être assurée qu'il ignoroit mes sentimens. Mais il faut pourtant avouer que c'étoit un bonheur qui n'étoit goûté que de ma raison, et auquel mon cœur ne prenoit aucune part. Quand je commençai à me porter assez bien pour être vue, je retardai, autant que je pus, les occasions de voir Alamir ; et lorsque je le revis, je remarquai qu'il m'observoit avec beaucoup de soin, afin d'apprendre par mes actions quel étoit celui dont je me plaignois. Plus je voyois qu'il m'observoit, plus je maltraitois ceux qui s'étoient attachés à moi. Quoiqu'il y en eût plusieurs dont le mérite et la qualité ne dussent point me faire de honte, il n'y en avoit aucun dont je ne trouvasse ma gloire blessée. Je ne pouvois supporter

qu'il crût que j'aimois sans être aimée
et il me sembloit que je lui en paroissoi
moins digne de lui.

Les troupes de l'empereur pressèren
si fort Famagouste, que tous les Arabe
jugèrent qu'il falloit l'abandonner. Zulein
et Osmin résolurent de nous faire embar
barquer avec les princesses Alasinthe e
Belenie. Alamir prit aussi la résolution d
quitter Chypre, et pour suivre Zayde, e
pour sortir d'un lieu où sa valeur ne pou
voit plus être utile. Il avoit conservé un
extrême curiosité de savoir quel étoit ce
lui dont il m'avoit ouï parler; et lorsqu
nous fûmes prêts à partir, et qu'il vit qu
ma tristesse n'augmentoit point: Quoiqu
vous abandonniez Chypre, me dit-il, san
qu'il paroisse en vous de nouvelles marques d'affliction, il n'est pas impossible
madame, que vous ne sentiez ce départ
faites-moi la grace de m'apprendre que
est celui à qui vous prenez intérêt. Il n'y
a point d'homme, de tous ceux qui son
ici, que je n'engage à faire le voyage d'A
frique, et vous aurez le plaisir de le voir
sans qu'il sache même que vous l'avez dé
siré. Je n'ai point voulu m'opiniâtrer, lu
répondis-je, à vous ôter une opinion qu

...us avez prise sur des apparences assez
vraisemblables; mais je vous assure néanmoins que ces apparences sont trompeuses.
Je ne laisse personne à Famagouste à qui
je prenne intérêt, et ce n'est point par
aucun changement qui soit arrivé dans
mon cœur. Je vous entends, madame,
repartit Alamir; celui qui a été assez heureux pour vous plaire n'est point ici; je
le cherchois inutilement parmi ceux qui
vous adorent, et il étoit sans doute parti
de Chypre avant que j'eusse l'honneur de
vous voir. Ce n'est ni avant que vous m'eussiez vue, ni depuis que vous êtes ici, lui
répliquai-je assez brusquement, que quelqu'un a été assez heureux pour me plaire;
et je vous supplie de ne plus me parler
d'une chose qui m'offense.

Alamir, voyant bien que je lui avois
répondu avec colère, ne m'en dit pas davantage, et m'assura qu'il ne m'en parle-
roit jamais. Je fus bien aise d'avoir fini
ces conversations où j'étois toujours prête
à laisser apercevoir ce que je souhaitois
si ardemment de cacher. Enfin, nous nous
embarquâmes; et notre navigation fut
d'abord si heureuse, que nous ne devions
pas croire qu'elle finît par un naufrage

*

aussi malheureux que celui que nous fîm[...]
aux côtes d'Espagne, comme je vous [...]
dirai bientôt.

Félime alloit continuer son récit, lor[...]
qu'on vint l'avertir que sa mère se trouv[...]
plus mal que de coutume. Quoique j'eus[...]
encore beaucoup de choses à vous a[...]
prendre, dit-elle à don Olmond en le qu[...]
tant, je vous en ai assez appris pour vo[...]
faire juger que ma vie est attachée à cel[...]
d'Alamir, et pour vous engager à me ten[...]
la parole que vous m'avez donnée. Je vo[...]
la tiendrai exactement, madame, l[...]
répondit-il ; mais je vous supplie de vou[...]
souvenir aussi que vous devez m'instrui[...]
du reste de vos aventures.

Le lendemain, il alla trouver le roi. [...]
tôt que ce prince le vit, il voulut sat[...]
faire l'impatience et l'inquiétude qui p[...]
roissoient sur le visage de Consalve, et l[...]
amenant tous deux dans son cabinet, [...]
ordonna à don Olmond de lui dire s[...]
avoit vu Félime, et si elle lui av[...]
appris quel intérêt elle prenoit à la co[...]
servation d'Alamir. Don Olmond, sa[...]
faire paroître qu'il pénétrât dans les r[...]
sons qui donnoient au roi tant de cur[...]
sité pour les aventures de ce prince,

n récit exact de tout ce qu'il avoit su
ar Félime de sa passion pour Alamir,
e celle d'Alamir pour Zayde, et de tout
e qui leur étoit arrivé jusqu'à leur dé-
art de Chypre. Lorsqu'il eut achevé, il
gea bien que la conversation n'étoit pas
ussi libre entre le roi et Consalve, que
il n'eût pas été présent; et pour les lais-
r en liberté, il feignit d'être obligé de
en retourner à Oropèze.

Sitôt qu'il fut parti, le roi regardant
u favori avec un air qui témoignoit les
ntimens qu'il avoit pour lui : Croyez-
ous encore, lui dit-il, qu'Alamir soit
mé de Zayde? croyez-vous que ce soit
lle qui ait fait écrire Félime, et ne voyez-
ous pas combien vos craintes ont été mal
ndées? Non, seigneur, reprit triste-
ent Consalve, tout ce que don Olmond
ient de raconter ne me persuade pas en-
ore que je n'aie point sujet de craindre.
ayde n'a peut-être pas d'abord aimé Ala-
ir, ou elle l'a caché à Félime, voyant
amour qu'elle avoit pour ce prince. Mais
ui pleuroit Zayde, lorsqu'elle fit nau-
rage aux côtes d'Espagne, si ce n'étoit
Alamir qu'elle croyoit mort? A qui puis-
je ressembler, si ce n'est à ce prince? Fé-

lime n'a parlé que de lui dans son récit
Zayde l'a trompée, seigneur, ou Zayde
ne lui a avoué les sentimens qu'elle avoit
pour lui, que depuis qu'elle a été chez
Alphonse. Tout ce que j'ai appris ne dé
truit pas les opinions que j'ai eues; et je
crains bien que ce qui me reste encore à
apprendre, ne les confirme plutôt que de
les détruire.

Il étoit si tard lorsque Consalve quitta
le roi, qu'il ne devoit penser qu'à cher
cher du repos; mais son inquiétude ne
lui permit pas d'en trouver. Le récit de
Félime augmentoit sa curiosité, et le lais
soit encore dans cette cruelle incertitude
où il étoit depuis si long-temps. Sur le
matin, un officier de l'armée, qui reve
noit d'Oropèze, lui apporta un billet de
don Olmond; il l'ouvrit, et y trouva ce
ces mots.

Lettre de don Olmond à Consalve.

« Félime m'a tenu sa parole, et m'a
conté le reste de ses aventures. Le seul
amour qu'elle a pour Alamir, a causé les
soins qu'elle a eus de sa vie. Zayde n'y
prend point d'intérêt; et si quelqu'un en

venoit à Zayde, ce n'est point d'Alamir
qu'il devroit être jaloux. »

Ce billet jeta Consalve dans un nouvel
embarras, et lui fit penser qu'il s'étoit
trompé seulement lorsqu'il avoit cru qu'A-
lamir étoit aimé ; mais qu'il ne s'étoit pas
trompé, lorsqu'il avoit cru que Zayde
avoit quelque passion. La lettre qu'il lui
avoit vu écrire chez Alphonse, ce qu'il lui
avoit ouï dire à Tortose d'une première
inclination, et le billet qu'il venoit de
recevoir de don Olmond, ne lui permet-
toient pas d'en douter. Il lui parut qu'il
devoit être également malheureux, puisque le cœur de Zayde étoit touché. Néanmoins, par un sentiment dont il ne pouvoit démêler la cause, il sentit quelque
soulagement, en apprenant que ce n'étoit
pas par le prince de Tharse.

Cependant les Maures firent des pro-
positions pour la paix ; et elles étoient si
avantageuses, qu'il sembloit difficile de les
refuser. On nomma des députés de part
et d'autre pour en régler les articles, et
on accorda une nouvelle trève. Consalve
avoit part à tous les conseils ; mais quelque occupé qu'il pût être par l'importance
des affaires dont le roi lui laissoit le soin,
il l'étoit encore davantage par l'impa-

tience de savoir quel étoit ce rival dont[...] n'avoit jamais oui parler. Il attendit d[...] Olmond avec une inquiétude qui ne l[...] laissoit pas de repos ; et enfin il supplia[...] roi de le faire venir au camp, ou de pe[...] mettre qu'il l'allât trouver à Oropèze. D[...] Garcie qui avoit de la curiosité pour[...] suite des aventures de Zayde, voulut êt[...] présent au récit qu'en feroit don Olmon[...] et il lui envoya commander de venir[...] l'heure même. Lorsque Consalve le [...] arriver, et qu'il le regarda comme [...] homme qui alloit lui apprendre les vé[...] tables sentimens de Zayde, il hésita [...] devoit le laisser parler, tant il craignoit[...] certitude de son malheur, bien qu'il so[...] haitât d'en être éclairci. Don Olmon[...] avec la même discrétion qu'il avoit dé[...] eue, et sans faire voir à Consalve qu[...] remarquoit son embarras, raconta a[...] ce qu'il avoit appris de Félime dans [...] dernière conversation, après que le roi [...] en eût fait le commandement.

SUITE DE L'HISTOIRE DE FÉLIME ET DE ZAYDE.

Le prince Zulema et Osmin avoie[...] quitté Chypre dans le dessein de s'en [...]

...er en Afrique, et de débarquer à Tunis. ...lamir les avoit suivis, et leur navigation ...voit été assez heureuse, lorsqu'un vent ...mpétueux les repoussa vers Alexandrie. ...omme Zulema s'en vit proche, il voulut ...aborder, pour voir Albumazar, ce ...rand astrologue si célèbre dans toute ...Afrique, qu'il connoissoit depuis long-...emps. Les princesses, qui n'étoient pas ...accoutumées à la fatigue de la mer, furent ...en aises de descendre à terre et de se ...eposer. Le vent demeura si contraire, ...u'ils ne purent sitôt se remettre à la voile.

...Un jour que Zulema montroit à Albuma...r plusieurs choses rares qu'il avoit appor...es de ses voyages, Zayde vit dans une cas...ette le portrait d'un jeune homme d'une ...eauté extraordinaire, et d'une physiono...ie très-agréable. L'habillement, qui étoit ...reil à celui des princes arabes, lui fit ima...ner que ce portrait étoit celui d'un des fils ...a calife. Elle demanda à son père si elle ...ne se trompoit pas : il lui répondit qu'il ne ...voit point pour qui ce portrait avoit été ...fait, qu'il l'avoit acheté de quelques sol...ats, et qu'il le conservoit pour sa beauté. ...Zayde parut surprise de l'agrément de ...ette peinture. Albumazar remarqua l'at-

tention qu'elle avoit à le regarder : il
en fit la guerre, et il lui dit qu'il voy;
bien qu'un homme qui ressembleroit à
portrait, pourroit espérer de lui plai
Comme les Grecs ont une haute opin
de l'astrologie, et que les jeunes person.
ont une grande curiosité de l'avenir, Zay
pria plusieurs fois ce fameux astrolog
de lui dire quelque chose de sa destin
mais il s'en défendoit toujours : il pass
avec Zulema le peu de temps qu'il dé
boit à l'étude, et sembloit éviter de fa
paroître son savoir extraordinaire. En
un jour qu'elle le trouva dans la cham
de son père, elle le pressa plus fortem
qu'elle n'avoit encore fait de consulter
astres sur sa fortune. Il n'est pas néc
saire que je les consulte, lui dit-il en s
riant, pour vous assurer, madame,
vous êtes destinée à celui dont Zulema v
a fait voir le portrait. Peu de princes d
l'Afrique peuvent s'égaler à lui. Vous se
heureuse si vous l'épousez : prenez ga
de laisser engager votre cœur à quel
autre. Zayde ne reçut les paroles d'Al
mazar que comme un reproche de l
tention qu'elle avoit eue à regarder ce
trait; mais Zulema lui dit, avec toute l

rité d'un père, qu'elle ne devoit point
douter de la vérité de cette prédiction ;
qu'il n'en doutoit pas lui-même, et que,
sans son consentement, elle n'épouseroit
jamais que celui pour qui cette peinture
avoit été faite.

Zayde et Félime avoient peine à croire
que Zulema parlât selon ses véritables sentimens ; mais elles n'en doutèrent pas,
lorsqu'il dit à la princesse sa fille qu'il ne
pensoit plus à lui faire épouser le prince
de Tharse. Félime ne sentit pas une médiocre joie de savoir que Zayde n'étoit pas
destinée pour Alamir : elle s'imagina un
plaisir sensible à l'apprendre à ce prince ;
et elle se flatta de l'espérance qu'il reviendroit à elle, s'il n'espéroit plus que Zayde
pût être à lui. Elle pria cette belle personne de lui permettre de dire à Alamir
la prédiction d'Albumazar et les sentimens
de Zulema. Cette permission n'étoit pas
difficile à obtenir : Zayde consentoit sans
peine à tout ce qui pouvoit guérir le prince
de Tharse de la passion qu'il avoit pour
elle.

Félime chercha les occasions de parler
au prince ; et sans faire paroître de joie
de ce qu'elle avoit à lui dire, elle lui con-

18

seilla de se détacher de Zayde, puisqu'ell
étoit destinée pour un autre, et que Zu
lema ne lui étoit plus favorable. Elle lu
apprit ensuite ce qui avoit fait changer le
sentimens de ce prince, et lui montra c
portrait qui devoit décider de la fortun
de Zayde. Alamir parut accablé des pa
roles de Félime, et surpris de la beauté d
portrait qu'on lui faisoit voir, il demeur
long-temps sans parler : enfin, levant le
yeux avec un air où sa douleur étoit pein
té : Je le crois, madame, lui dit-il, celu
que je vois est destiné pour Zayde : il es
digne d'elle par sa beauté ; mais il ne l
possédera jamais, et je lui ôterai la vi
avant qu'il puisse m'enlever Zayde. Mai
si vous entreprenez, lui répondit Félime,
d'attaquer tous les hommes qui pourroie
ressembler à ce portrait, vous en attaque
riez peut-être un grand nombre, san
trouver celui pour qui il a été fait. Je n
suis pas assez heureux, répartit Alamir
pour être au hasard de me méprendre.
y a une beauté si grande et si particulièr
dans ce portrait, que peu de gens peuve
lui ressembler. Mais, madame, ajouta
il, cette physionomie agréable peut cach
un esprit si fâcheux et des mœurs si o
posées à celles qui doivent plaire à Zayd

que, quelque beauté qu'ait ce prétendu rival, peut-être ne sera-t-il pas aimé d'elle; et quelque favorables que lui puissent être et la fortune et Zulema, s'il ne touche pas l'inclination de Zayde, je ne me trouverai pas entièrement malheureux. Je serai moins désespéré de la voir possédée par un homme qu'elle n'aimera pas, que de lui en voir aimer un autre à qui elle ne pourroit jamais être. Cependant, madame, continua-t-il, quoique ce portrait ait fait dans mon esprit une impression qui peut difficilement s'effacer, je vous conjure de me le laisser quelque temps, afin que je le considère avec loisir, et que l'idée s'en imprime plus fortement dans ma mémoire.

Félime étoit si troublée de voir que ce qu'elle venoit de dire n'avoit pu diminuer les espérances d'Alamir, qu'elle lui laissa emporter ce portrait; et ce prince le lui rendit quelques jours après, malgré l'envie qu'il auroit eue de l'ôter pour jamais des yeux de Zayde.

Après quelque séjour dans Alexandrie, le vent leur permit d'en partir. Alamir reçut des nouvelles de son père, qui l'obligèrent de quitter Zayde pour retourner à

Tharse ; mais comme il ne se croyoit nécessaire que pour peu de jours, il dit
Zulema qu'il seroit presque dans le mêm
temps que lui à Tunis. Félime fut auss
affligée de leur séparation, que si elle eû
été aimée de lui. Elle étoit accoutumée
toutes les douleurs que l'amour peut donner ; mais elle n'avoit point eu celle d
l'absence, et elle la sentit si vivement
qu'elle connut bien que le seul plaisir d
voir celui qu'elle aimoit, lui avoit donn
la force de supporter le malheur de n'e
être pas aimée.

Alamir s'en alla à Tharse, et Zulema
et Osmin, sur différens vaisseaux, priren
la route de Tunis. Zayde et Félime n
voulurent pas se quitter, et demeurèren
ensemble dans le vaisseau de Zulema. Aprè
quelques jours de navigation, il survin
une tempête épouvantable : tous les vaisseaux furent séparés ; celui où étoit Zayd
perdit son grand mât, et Zulema juge
qu'il n'y avoit plus d'espérance. Comm
il connut qu'ils étoient assez proches d
terre, il résolut de se jeter dans la cha
loupe. Il y fit descendre sa femme, sa fill
et Félime, et prit avec lui ce qu'il avoi
de plus précieux ; mais à l'instant où i

étoit près d'y entrer aussi, un coup de vent rompit la corde qui la tenoit attachée au vaisseau, et la chaloupe vint se briser contre le rivage. Zayde fut jetée sur la côte de Catalogne à demi-morte, et Félime, qui s'étoit soutenue sur une planche, fut poussée sur la même côte, après avoir vu périr la princesse Alasinthe. Lorsque Zayde revint de l'état où elle étoit, elle fut bien étonnée de se voir parmi des personnes qu'elle ne connoissoit point, et dont elle n'entendoit point la langue.

Deux Espagnols qui demeuroient sur le bord de la mer, l'avoient trouvée évanouie, et l'avoient fait porter chez eux. Des pêcheurs y amenèrent Félime. Zayde eut beaucoup de joie de la revoir; mais elle fut très-affligée d'apprendre par elle la mort de la princesse sa mère. Après avoir donné beaucoup de larmes à cette perte, elle pensa à sortir du lieu où elle étoit, et fit entendre qu'elle désiroit d'aller à Tunis, où elle espéroit trouver Osmin et Belenie.

En regardant le plus jeune de ces Espagnols, qui s'appeloit Théodoric, elle s'aperçut qu'il ressembloit à ce portrait qu'elle avoit trouvé si agréable. Cette ressemblance la surprit, et le lui fit regarder

*

avec plus d'attention. Elle alla cherche
le long du rivage, pour voir si elle ne trou
veroit point une cassette où étoit ce portrai
et qu'elle croyoit avoir vu mettre dans l
chaloupe, lorsqu'elles avoient fait naufrag
Sa peine fut inutile : elle sentit un chagri
extraordinaire de ne pouvoir trouver c
qu'elle cherchoit. Il lui parut pendar
quelques jours que Théodoric avoit de l
passion pour elle ; quoiqu'elle n'en p
juger par ses paroles, il y avoit un a
dans ses actions qui le lui faisoit soupçon
ner, et ses soupçons ne lui étoient p
désagréables.

Quelque temps après, elle crut s'êt
trompée : elle le vit triste, sans qu'elle l
donnât sujet de l'être : elle vit qu'il la qui
toit souvent pour aller rêver ; enfin, el
s'imagina qu'il avoit quelque autre passic
qui le rendoit malheureux. Cette pens
lui donna un trouble et un chagrin qui
surprirent, et qui la rendirent aussi m
lancolique que Théodoric le lui paroisso
Quoique Félime fût assez occupée de s
propres pensées, elle connoissoit trop bi
l'amour, pour ne pas s'apercevoir de cel
que Théodoric avoit pour Zayde, et
l'inclination que Zayde avoit pour Thé

…oric. Elle lui en parla plusieurs fois ; et quelque répugnance qu'eût cette belle princesse à se l'avouer à elle-même, elle ne put s'empêcher de l'avouer à Félime.

Il est vrai, lui dit-elle, j'ai des sentimens pour Théodoric dont je ne suis pas la maîtresse ; mais, Félime, n'est-ce point de lui dont Albumazar m'a voulu parler ; et ce portrait que nous avons vu, ne seroit-il point fait pour lui ? Il n'y a pas d'apparence, répondit Félime ; la fortune et la patrie de Théodoric n'ont rien qui puisse se rapporter aux paroles d'Albumazar. Considérez, madame, que, n'ayant jamais cru à cette prédiction, vous commencez à y croire, pour vous imaginer que Théodoric peut être celui qui vous est destiné ; et jugez par là quels sont les sentimens que vous avez pour lui. Jusqu'ici, répliqua Zayde, je n'avois point pris les paroles d'Albumazar pour une véritable prédiction ; mais je vous avoue que depuis que j'ai vu Théodoric, elles ont commencé à faire impression sur mon esprit. Il m'a paru extraordinaire d'avoir trouvé un homme qui ressemble à ce portrait, et d'avoir senti de l'inclination pour lui. Je suis surprise, quand je pense qu'Albumazar m'a défendu

de laisser engager mon cœur : il me sem
qu'il prévoyoit les sentimens que j'ai p
Théodoric ; et sa personne me plaît d'
telle sorte, que si je suis destinée à un au
homme qui lui ressemble, ce qui devr
faire mon bonheur, va faire le malhe
de ma vie. Mon inclination se tromp
cette ressemblance : elle me porte à ce
à qui je ne dois pas être, et me prévi
peut-être d'une telle sorte, que je ne po
rai plus aimer celui qu'il faudra que j'ain
Il n'y a point de remède, continua-t-el
pour éviter tous ces malheurs, que d
bandonner un lieu où je cours tant de p
rils, et où même la bienséance ne no
permet pas de demeurer. Il ne dépend
de nous d'en sortir, reprit Félime : no
sommes dans un pays qui nous est inco
nu, et où notre langue n'est pas seuleme
entendue. Il faut que nous attendions l
vaisseaux ; mais souvenez-vous que, que
que soin que vous apportiez à quitter Thé
doric, vous n'effacerez pas aisément l'in
pression qu'il a faite sur votre cœur.
vois en vous les mêmes choses que j'ai se
ties lorsque j'ai commencé à aimer Al
mir ; et plût au ciel que j'eusse vu en l
les mêmes choses que vous voyez en Thé

oric! Vous vous trompez, lui dit Zayde,
[l]orsque vous croyez qu'il a de l'inclination
[p]our moi : il en a sans doute pour quelque
[a]utre ; et la tristesse que je lui vois vient
[d']une passion dont je ne suis pas la cause.
[J']ai au moins la consolation, dans mon
[m]alheur, que l'impossibilité de lui parler
[m']empêche d'avoir la foiblesse de lui dire
[q]ue je l'aime.

Peu de jours après cette conversation,
[Z]ayde vit de loin Théodoric qui regardoit
[av]ec attention quelque chose qu'il tenoit
[en]tre ses mains. La jalousie lui fit imagi-
[n]er que c'étoit un portrait : elle résolut de
[s']en éclaircir, et s'approcha de lui le plus
[d]oucement qu'il lui fut possible. Ce ne
[p]ut être avec si peu de bruit, qu'il ne l'en-
[te]ndît. Il se tourna, et cacha ce qu'il tenoit,
[d]e sorte qu'elle vit seulement briller des
[p]ierreries. Elle ne douta plus que ce ne
[fû]t une boîte de portrait : quoiqu'elle l'eût
[d]éjà soupçonné, la certitude qu'elle crut
[en] avoir, lui donna tant de douleur, qu'elle
[ne] put cacher sa tristesse, ni regarder Théo-
[d]oric; et elle demeura pénétrée de douleur
[d]e sentir une inclination si vive pour un
[h]omme qui soupiroit pour une autre. Le
[ha]sard voulut que Théodoric laissât tom-

ber ce qu'il avoit caché : elle vit que c'é...
une attache de diamans qui tenoit à un b...
celet de ses cheveux, qu'elle avoit pe...
quelques jours auparavant. La joie qu'...
eut de s'être trompée, ne lui per...
pas de témoigner de la colère : elle...
son bracelet, et rendit les pierreri...
Théodoric, qui les jeta aussitôt dan...
mer, pour lui faire entendre qu'il les...
prisoit lorsqu'ils étoient séparés de ses c...
veux. Cette action persuada à Zayde...
mour et la magnificence de cet Espag...
et ne fit pas un médiocre effet sur son cœ...

Ensuite il lui fit entendre, par le mo...
d'un tableau où il avoit fait représe...
une belle personne qui pleuroit un hom...
mort, qu'il étoit persuadé que les rigue...
qu'elle avoit pour lui, venoient de l'a...
chement qu'elle avoit pour cet hom...
qu'elle regrettoit. Ce fut une douleur s...
sible pour Zayde, de voir que Théodo...
croyoit qu'elle en aimât un autre : elle...
doutoit presque plus de son amour, et...
l'aimoit avec une tendresse qu'elle n...
sayoit plus de surmonter.

Le temps où elle devoit partir s'ap...
choit; et ne pouvant se résoudre à le q...
ter, qu'il ne sût au moins qu'elle l'a...

né, elle dit à Félime qu'elle étoit résolue de lui écrire tous ses sentimens, et
de ne lui donner ce qu'elle auroit écrit
que dans le moment où elle s'embarque-
roit. Je ne veux lui apprendre, ajouta-t-
elle, l'inclination que j'ai eue pour lui
que dans un temps où je serai assurée de
ne le voir jamais. Ce me sera une consolation qu'il sache que je ne pensois qu'à
lui, lorsqu'il croyoit que je n'étois occupée que du souvenir d'un autre. Je trouverai une douceur infinie à lui expliquer
toutes mes actions, et à m'abandonner à
lui dire combien je l'ai aimé. J'aurai cette
douceur, sans manquer à mon devoir. Il
sait qui je suis : il ne me verra jamais;
qu'importe qu'il sache qu'il a touché
le cœur de cette étrangère qu'il a sauvée
du naufrage? Vous avez oublié, lui dit
Félime, que Théodoric n'entend pas votre
langue, en sorte que ce que vous lui écri-
rez lui sera inutile. Ah! madame, reprit
Zayde, s'il a de la passion pour moi, il
trouvera à la fin les moyens de se faire
expliquer ce que je lui aurai écrit : s'il
n'en a pas, je serai consolée qu'il ignore
que je l'aime, et je suis résolue de lui
laisser, avec ma lettre, le bracelet de mes

cheveux que je lui ôtai si cruellement, et
qu'il ne mérite que trop.

Zayde commença dès le lendemain matin à écrire ce qu'elle vouloit laisser à
Théodoric. Il la surprit comme elle écrivoit, et elle jugea aisément que cette lettre
lui donnoit de la jalousie. Si elle eût suivi
les mouvemens de son cœur, elle lui auroit fait entendre, à l'heure même, qu'elle
n'écrivoit que pour lui ; mais sa sagesse et
le peu de connoissance qu'elle avoit de la
qualité et de la fortune de cet inconnu,
l'obligeoient à ne rien faire qu'il pût prendre pour des engagemens, et à lui cacher
ce qu'elle souhaitoit qu'il sût lorsqu'il ne
la verroit plus.

Peu de temps avant qu'elle dût partir,
Théodoric la quitta, et lui fit comprendre
qu'il reviendroit le lendemain. Le jour
suivant, elle alla se promener avec Félime sur le bord de la mer. Ce n'étoit pas
sans impatience pour le retour de Théodoric. Cette impatience la rendoit plus
rêveuse qu'à l'ordinaire, en sorte que
voyant aborder une chaloupe sur le rivage,
au lieu d'avoir la curiosité de connoître
ceux qui étoient dedans, elle tourna ses
pas d'un autre côté ; mais elle fut bien

urprise de s'entendre appeler, et de re-
onnoître la voix du prince son père. Elle
ourut à lui avec beaucoup de joie, et il
n eut une extrême de la revoir. Après
u'elle lui eut appris comment elle étoit
chappée du naufrage, il lui dit en peu
e mots que son vaisseau étoit allé échouer
ux côtes de France, dont il n'avoit pu
artir que depuis quelques jours, et qu'il
oit venu à Tarragone attendre le vais-
eau qui devoit faire voile pour l'Afrique;
ue cependant il avoit voulu parcourir la
ôte où Alasinthe, Félime et elle avoient
it naufrage, pour voir si par hasard quel-
u'une ne se seroit point sauvée. Au nom
Alasinthe, Zayde ne put s'empêcher de
eurer. Ses larmes firent connoître à Zu-
ma la perte qu'il avoit faite, et après
oir employé quelque temps à la regret-
r, il commanda à ces jeunes princesses
e passer dans sa chaloupe, pour s'en aller
Tarragone. Zayde se trouva bien em-
hrrassée pour persuader à son père de ne
us l'emmener à l'heure même. Elle lui
t les obligations qu'elle avoit aux Espa-
gols qui l'avoient reçue chez eux, pour
i faire consentir qu'elle allât leur dire
dieu; mais quelques raisons dont elle pût

19

se servir, il ne jugea pas à propos de la remettre au pouvoir de ces Espagnols, et il la fit embarquer malgré toute sa résistance. Elle fut si touchée de l'opinion qu'auroit Théodoric de l'ingratitude avec laquelle elle le quittoit, ou pour mieux dire, elle fut si touchée de le quitter sans espérance de le revoir jamais, que, n'étant pas maîtresse de sa douleur, elle fut contrainte de dire qu'elle étoit malade. Le seul soulagement qu'elle eut dans son affliction, fut de voir que son père avoit sauvé du naufrage le portrait qu'elle avoit trouvé si agréable, et qui étoit devenu celui de son amant. Mais cette consolation ne fut pas assez forte pour lui aider à soutenir l'absence de Théodoric; elle tomba dangereusement malade, et Zulema fut long-temps dans la crainte de voir mourir une personne si parfaite dans les premières années de sa jeunesse et de sa beauté. Enfin l'on cessa de craindre pour sa vie, mais elle demeura dans une langueur qui ne permettoit pas de l'exposer à la fatigue de la mer. Elle fit toute son occupation d'apprendre la langue espagnole; et comme elle avoit des truchemens et qu'elle ne voyoit que des Espagnols, elle l'appri

aisément pendant l'hiver qu'elle passa en
Catalogne. Elle voulut aussi que Félime
la sût, et elle trouvoit quelque plaisir à
ne parler que cette langue.

Cependant les grands vaisseaux étoient
partis de Tarragone pour l'Afrique ;
et quoique Zulema ignorât ce qu'étoit
devenu Osmin, lorsque la tempête les
avoit séparés, il lui avoit écrit pour lui
apprendre son naufrage et la raison qui
le retenoit en Catalogne. Les vaisseaux
revinrent d'Afrique avant que Zayde eût
recouvré sa santé. Osmin manda au prince
son frère qu'il étoit arrivé heureusement ;
qu'il avoit trouvé le calife dans le dessein de les tenir toujours éloignés, et que
le roi Abderame lui ayant demandé des
généraux, il les avoit destinés pour passer
en Espagne, et qu'il lui envoyoit ses ordres. Zulema jugea aisément qu'il seroit
dangereux de ne pas obéir au calife ; il
résolut de prendre un brigantin pour aller
par mer jusqu'à Valence joindre le roi de
Cordoue ; et sitôt que la princesse sa fille
se porta mieux, il la fit conduire à Tortose. Il y demeura quelques jours pour lui
donner encore du repos ; mais elle étoit
bien éloignée d'en trouver. Pendant le

temps de sa maladie et depuis qu'elle commençoit à se mieux porter, l'envie de faire savoir de ses nouvelles à Théodoric et la difficulté de le pouvoir, lui avoient donné et lui donnoient encore une cruelle inquiétude. Elle ne pouvoit se consoler d'avoir eu sur elle, le jour de son départ, la lettre qu'elle lui avoit écrite, et de ne l'avoir pas laissée dans un lieu où le hasard l'eût pu faire tomber entre ses mains : enfin, la veille de son départ de Tortose, elle ne put résister à l'envie de la lui envoyer; elle la confia à un des écuyers de Zulema, et lui fit entendre le lieu où demeuroit Théodoric, en lui nommant le port qui en étoit près. Elle lui défendit de dire qu'il l'avoit chargé de cette lettre, et de prendre garde qu'on ne le suivît et qu'on ne le pût connoître. Quoiqu'elle n'eût pas espéré de voir Théodoric, elle sentit néanmoins un renouvellement de douleur d'abandonner le pays qu'il habitoit; et elle passa une partie de la nuit à s'en plaindre avec Félime, en se promenant dans les beaux jardins de la maison où elle étoit logée. Le lendemain, comme elle étoit près de s'embarquer, cet écuyer qui étoit parti avant que le soleil commençât à paroître, revint lui dire qu'il avoit été au lieu qu'elle lui avoit marqué ; mais qu'il avoit appris que Théodoric en étoit parti le jour précédent, et qu'il n'y devoit plus retourner. Zayde sentit vivement cette bizarrerie du hasard qui la privoit de la seule consolation qu'elle avoit cherchée, et qui privoit son amant de la seule faveur qu'elle lui eût jamais faite. Elle s'embarqua avec une tristesse mortelle, et arriva à Cordoue en peu de jours. Osmin et Belenie l'y attendoient ; le prince de Tharse y étoit aussi. Ayant su à Tunis qu'elle étoit en Espagne, il s'étoit servi du prétexte de la guerre pour la venir chercher. Félime ne sentit point, en revoyant Alamir, que l'absence l'eût guérie de la passion qu'elle avoit pour lui. Alamir ne trouva que de l'augmentation aux rigueurs de Zayde, et Zayde ne sentit qu'un redoublement d'aversion pour Alamir.

Le roi de Cordoue mit entre les mains de Zulema le commandement général de ses troupes, avec le gouvernement de Talavéra, et celui d'Oropèze à Osmin. Ces deux princes, peu de temps après, eurent quelque sujet de se plaindre d'Abderame ; et ne voulant pas le faire connoître, ils se retirèrent dans leurs gouvernemens, sous prétexte d'en visiter les fortifications. Alamir suivit Zulema, pour être auprès de Zayde; mais peu après, la guerre l'appela auprès d'Abderame. Je partis dans ce même temps, pour aller chercher Consalve: je fus fait prisonnier par les Arabes, et on me conduisit à Talavéra. Belenie et Félime s'en allèrent à Oropèze, et Zayde ne voulut point quitter le prince son père.

Après que Consalve eut pris Talavéra, et pendant qu'on proposoit la dernière trève, Alamir fit savoir à Zulema qu'il profiteroit de la liberté de cette trève pour l'aller voir; et qu'en y allant, il passeroit à Oropèze. Zayde, ayant su du prince son père, ce que je viens de vous dire, écrivit à Félime, et lui manda qu'elle avoit retrouvé Théodoric; qu'elle ne vouloit pas qu'il pût croire que le prince de Tharse fût celui qu'il l'avoit soupçonnée de pleurer chez Alphonse, et qu'elle la prioit de défendre de sa part à ce prince d'aller à Talavéra.

Félime n'eut pas de peine à se résoudre à faire ce commandement à Alamir. Le lendemain de la trève, Belenie qui se trouvoit incommodée, voulut profiter de

la liberté qu'elle avoit de sortir de la ville,
pour aller se promener dans un grand bois
qui n'en étoit pas fort éloigné. Comme elle
s'y promenoit avec Osmin et Félime, ils
virent arriver le prince de Tharse : ils en
eurent beaucoup de joie ; et après qu'ils
eurent parlé long-temps ensemble, Félime
trouva le moyen d'entretenir Alamir en
particulier.

Je suis bien fâchée, lui dit-elle, d'avoir
à vous apprendre une chose qui empêchera le voyage que vous avez dessein de faire ;
mais Zayde vous prie de ne point aller à
Talavéra, et elle vous en prie d'une manière qui peut passer pour un commandement. Par quel excès de cruauté, madame,
s'écria Alamir, Zayde veut-elle m'ôter la
seule joie que ses rigueurs m'aient laissée,
qui est celle de la voir ? Je crois, lui répondit Félime, qu'elle veut faire finir la passion que vous lui témoignez. Vous connoissez sa répugnance pour épouser un
homme de votre religion : vous savez même
qu'elle a lieu de croire qu'elle ne vous est
pas destinée, et vous savez aussi que Zulema a changé de sentimens. Tous ces obstacles, répartit Alamir, ne me feront pas
changer, non plus que la continuation des

rigueurs de Zayde ; et malgré la destiné
et la manière dont elle me traite , je n'a
bandonnerai jamais l'espérance d'en êtr
aimé. Félime, plus touchée que de cou
tume de voir l'opiniâtreté de la passio
d'Alamir, employa tout les moyens poss
bles, afin de le guérir ; mais voyant qu
tout ce qu'elle lui disoit étoit inutile , l
dépit s'alluma dans son ame ; et cessant
pour la première fois, d'être maîtress
d'elle-même : Si les ordonnances du ciel
lui dit-elle , et les rigueurs de Zayde , n
vous font point perdre l'espérance, je n
sais pas ce qui pourroit vous l'ôter. Ce se
roit , madame , répondit le prince de
Tharse , de voir qu'un autre eût touch
son inclination. N'espérez donc plus , ré
pliqua Félime , Zayde a trouvé un homm
qui a su lui plaire , et dont elle est aimée.
Et quel est ce bienheureux , madame ?
s'écria Alamir. Un Espagnol , répondit
elle , qui ressemble au portrait que vous
avez vu. Ce n'est pas vraisemblablemen
celui pour qui il a été fait, et celui dont Al
bumazar a prétendu parler ; mais comm
vous ne craignez que ceux qui peuven
plaire à Zayde , et non pas ceux qui doi
vent l'épouser , il vous suffit d'apprendr

qu'elle l'aime , et que c'est la crainte de lui
donner de la jalousie , qui fait qu'elle ne
veut pas vous voir. Ce que vous dites ne
peut être , répliqua Alamir : le cœur de
Zayde ne se touche pas si aisément. Si
quelqu'un l'avoit vraiment touché , vous
ne me le diriez pas ; Zayde vous auroit engagée au secret , et vous n'avez point de
raison qui puisse vous obliger à me l'apprendre. Je n'en ai que trop , répliqua-t-
elle , emportée par sa passion , et vous.....
Elle alloit continuer ; mais tout d'un coup
la raison lui revint : elle se rappela ce
qu'elle venoit de dire , elle en fut troublée ; elle sentit son trouble ; cette connoissance redoubla son embarras : elle demeura quelque temps sans parler , et presque hors d'elle-même : enfin , elle jeta les
yeux sur Alamir ; et croyant voir dans les
siens qu'il démêloit une partie de la vérité,
elle fit un effort, et reprit un visage où il
paroissoit plus de tranquillité qu'il n'y en
avoit dans son ame. Vous avez raison de
croire , lui dit-elle , que si Zayde aimoit
quelque chose , je ne vous le dirois pas ;
j'ai voulu seulement vous le faire craindre.
Il est vrai que nous avons trouvé un Espagnol qui est amoureux de Zayde , et qui

ressemble au portrait que vous avez v
mais vous m'avez fait apercevoir que j
peut-être fait une faute de vous l'avoir d
et j'ai une inquiétude extrême que Zay
n'en soit offensée.

Il y eut quelque chose de si nature
ce que dit Félime, qu'elle crut que ses p
roles avoient fait une partie de l'ef
qu'elle pouvoit souhaiter : néanmoins s
embarras avoit été si grand ; et ce qu'e
avoit dit avoit été si remarquable, qu
sans le trouble où elle voyoit le prince
Tharse, elle n'eût pu se flatter de l'es
rance que ses paroles n'eussent pas déco
vert ses sentimens. Osmin, qui vint d
ce moment, interrompit leur conversatio
Félime, pressée par ses soupirs et par
larmes, qu'elle ne pouvoit retenir, en
dans le bois pour cacher sa douleur, et
soulager, en en faisant part à une person
en qui elle avoit une entière confian
La princesse sa mère la fit rappeler, po
retourner à Oropèze : elle n'osa jeter
yeux sur Alamir, de peur d'y voir trop
douleur de ce qu'elle lui avoit dit de Zay
ou trop d'intelligence de ce qu'elle
avoit dit d'elle-même. Elle remarqua né
moins qu'il reprenoit le chemin du ca

et elle eut quelque joie de penser qu'il n'alloit pas voir Zayde.

Le roi ne put s'empêcher d'interrompre en cet endroit le récit de don Olmond, je ne m'étonne plus, dit-il à Consalve, de la tristesse où vous parut Alamir lorsque vous le rencontrâtes, après qu'il eut quitté Félime. C'étoit à elle à qui ces cavaliers l'avoient vu parler dans le bois : ce qu'elle venoit de lui dire, fut cause qu'il ne vous reconnut, et nous entendons présentement les paroles que vous dit ce prince en mettant l'épée à la main qui vous parurent si obscures, et qui nous donnèrent tant de curiosité. Consalve ne répondit que des yeux au roi de Léon, et don Olmond reprit ainsi son discours.

Il est aisé de juger en quel état Félime passa la nuit, et de combien de sortes de douleurs son esprit étoit accablé. Elle trouvoit qu'elle avoit trahi Zayde : elle craignoit d'avoir désespéré Alamir ; et malgré sa jalousie, elle étoit affligée de l'avoir rendu si malheureux. Elle souhaitoit néanmoins qu'il sût que Zayde étoit touchée pour une autre inclination : elle craignoit de lui avoir trop bien ôté l'opinion qu'elle lui en avoit donnée, et elle appréhendoit

plus que toutes choses de lui avoir fai[t]
connoître la passion qu'elle avoit pour lu[i]
Le lendemain, une nouvelle douleur e[f]
faça toutes les autres : elle sut le comb[at]
d'Alamir contre Consalve, et elle ne sen[tit]
que la crainte de le perdre. Elle envoy[a]
tous les jours savoir de ses nouvelles [au]
château où il étoit; et quand elle commen[ça]
à avoir quelque espérance de sa guériso[n,]
elle apprit que le roi avoit ordonné de [sa]
vie, pour se venger de la mort du prin[ce]
de Galice. Vous avez vu la lettre qu'el[le]
m'écrivit ces jours passés, pour m'oblig[er]
à travailler à sa conservation. Je lui [ai]
appris ce qu'a fait Consalve à sa priè[re]
et il ne me reste rien à vous dire, sino[n]
que je n'ai jamais vu en une même per[son]
sonne tant d'amour, tant de raison, [et]
tant de douleur.

Don Olmond finit ainsi son récit, et tan[t]
qu'il dura, il fit sentir à Consalve ce qu[i]
ne se peut exprimer. Apprendre qu'il éto[it]
aimé de Zayde, trouver des marques d[e]
tendresse dans tout ce qu'il avoit jugé d[es]
marques d'indifférence, c'étoit un excè[s]
de bonheur qui l'emportoit hors de lui
même, et qui lui faisoit goûter dans u[n]
moment tous les plaisirs que les autre[s]

mans ne goûtent qu'interrompus et séparés. Le roi alloit découvrir à don Olmond que Consalve étoit Théodoric, lorsqu'on vint l'avertir que les députés qui
traitoient de la paix, demandoient à lui
parler. Il laissa ces deux amis ensemble;
et don Olmond prenant la parole : Je pourrois me plaindre avec justice, dit-il à Consalve, de ne devoir qu'à moi seul la connoissance de Théodoric; et notre amitié
m'avoit mis en état d'espérer de le connoître par vous-même. Je m'étonne que
vous ayez pu croire qu'il fût possible de
me le cacher, en me laissant voir tant de
curiosité pour ce qui regardoit Zayde. Je
connus que vous l'aimiez le premier jour
que vous me parlâtes d'elle; et je fus étonné
que ce que je croyois une première vue,
eût produit en vous une passion qui me
paroissoit déjà si violente. Ce que j'ai appris de Félime, m'a fait voir, depuis, qu'un
homme tel qu'elle m'a dépeint Théodoric,
ne pouvoit être que Consalve. Je n'ai point
voulu d'autre vengeance du secret que
vous m'en aviez fait, que le billet que je
vous ai écrit, avec quelque intention de
vous donner de l'inquiétude : ma vengeance est satisfaite, et le plaisir que je

20

viens de vous donner par mon récit, m\
fait oublier tout ce qui m'avoit pu déplaire\
Mais je ne veux pas, ajouta-t-il, vous lais-\
ser prendre plus de joie que vous n'en de-\
vez avoir, et je dois vous dire, qu'à moin\
que votre dernière vue n'ait produit u\
grand changement dans l'esprit de Zayde,\
elle est résolue à combattre l'inclinatio\
qu'elle a pour vous, et à suivre les volonté\
du prince son père.

Consalve avoit abandonné son ame\
une joie trop sensible, pour être en éta\
de concevoir de la crainte. Ce que lui di\
don Olmond ne lui en put donner; et aprè\
l'avoir assuré que la honte seule l'avoi\
obligé à lui cacher son amour, il s'en all\
penser à tout ce qu'il avoit appris, et l\
rapporter aux actions de Zayde. Il n'eu\
plus de peine à comprendre ce qu'il lu\
avoit ouï dire à Tortose, sur la bizarrerie\
de sa destinée; et il vit qu'il avoit raiso\
d'être content qu'elle eût souhaité qu'i\
pût être celui à qui il ressembloit.

La certitude d'être aimé lui inspira u\
si violent désir de voir cette princesse,\
qu'il supplia le roi de lui permettre d'alle\
à Talavéra. Don Garcie le lui permit avec\
joie; et Consalve partit, dans l'espérance

le recevoir du moins des beaux yeux de
Zayde la confirmation de tout ce qu'il avoit
appris de don Olmond. Il sut, en arrivant
dans le château, que Zulema se trouvoit
mal : Zayde le vint recevoir à l'entrée de
l'appartement du prince son père, et lui
témoigna la douleur qu'il avoit de n'être
pas en état de le voir. Consalve demeura
si surpris et si ébloui de l'éclatante beauté
de cette princesse, qu'il s'arrêta, et ne
put s'empêcher de faire paroître son étonnement. Elle le remarqua, elle en rougit,
et demeura dans un embarras de modestie
qui lui donna de nouveaux charmes. Il la
conduisit chez elle, et lui parla de son
amour avec moins de crainte qu'il n'avoit
fait dans sa première conversation : mais
comme il vit qu'elle lui répondoit avec une
sagesse et une retenue qui lui auroient
ôté la connoissance des dispositions de son
cœur, s'il ne les avoit apprises par don Olmond, il résolut de lui faire entendre qu'il
avoit une partie de ses sentimens.

Ne m'expliquerez-vous jamais, madame,
lui dit-il, les raisons qui vous ont fait souhaiter que je puisse être celui à qui je ressemble. Ne savez-vous pas, lui répondit-
elle, que c'est un secret que je ne puis

vous apprendre? Est-il possible, madame
reprit-il en la regardant, que la passion
que j'ai pour vous et les obstacles que vou
voyez à mon bonheur, ne vous fassent p
assez de pitié pour me laisser voir que vo
souhaiteriez au moins que ma destinée fû
heureuse? Ce n'est que ce simple souha
de mon bonheur que vous me cachez ave
tant de soin. Ah! madame, est-ce tro
pour un homme qui vous a adorée du mo
ment qu'il vous a vue, que de le préfér
seulement par des souhaits à quelque Afr
cain que vous n'avez jamais vu? Zayde d
meura si surprise du discours de Consalv
qu'elle ne put y répondre. Ne soyez poin
étonnée, madame, lui dit-il, craignan
qu'elle n'accusât Félime d'avoir découver
ses sentimens, ne soyez point étonnée qu
le hasard m'ait appris ce que je viens d
vous dire : je vous entendis dans le jardi
où vous étiez la veille que vous partîtes d
Tortose, et je sus par vous-même ce qu
vous avez la cruauté de me cacher. Quoi
Consalve, s'écria Zayde, vous m'entendît
dans les jardins de Tortose, vous étiez pr
de moi, et vous ne me parlâtes point. Ah
madame, répondit Consalve en se jetant
ses genoux, quelle joie me donnez-vous pa

e reproche, et quels charmes ne trouvé-je
point à vous voir oublier que je vous ai
écoutée, pour vous souvenir que je ne vous
ai pas parlé! Ne vous repentez pas, madame, continua-t-il, en voyant combien
elle étoit troublée d'avoir laissé pénétrer
les sentimens de son cœur : ne vous repentez point de me donner quelque joie, et
laissez-moi croire que je ne vous suis pas
tout à fait indifférent. Mais pour me justifier de ce reproche que vous venez de me
faire, il faut vous dire, madame, que je
vous entendis à Tortose, sans vous connoître, et que mon imagination étoit si
frappée d'être séparée de vous par des
mers, qu'encore que j'entendisse votre
voix, comme il étoit nuit, que je ne vous
voyois pas, et que vous parliez la langue
espagnole, je ne soupçonnai jamais que
je fusse si près de vous. Je vous vis le lendemain dans une barque; mais quand je
vous vis et que je vous connus, je n'étois
plus en état de vous parler, et j'étois au
pouvoir de ceux que le roi avoit envoyés
pour me chercher. Puisque vous m'avez
entendue, répondit Zayde, il seroit inutile de vouloir donner un autre sens à mes
paroles; mais je vous supplie de ne m'en

*

pas demander davantage, et de souffr
que je vous quitte ; car j'avoue que la hon
de ce que vous avez entendu sans que j
le susse, et ce que je viens de vous dir
sans en avoir eu le dessein, me donner
une telle confusion, que, si j'ai quelq
empire sur vous, je vous conjure de vou
retirer. Consalve étoit si satisfait de ce qu'
venoit d'apprendre, qu'il ne voulut pa
presser Zayde de lui faire un aveu plus si
cère de ses sentimens. Il la quitta comm
elle le souhaitoit, et revint au camp, rem
pli de l'espérance de lui faire bientôt chan
ger les résolutions qu'elle avoit prises.

Les forces de don Garcie, et la valeu
de Consalve s'étoient rendues si redout
bles, que les Maures accordèrent tous le
articles de la paix, comme le roi de Léo
le souhaitoit. Le traité fut signé de part e
d'autre, et comme ils devoient remettre
de certaines places éloignées, on résolu
que don Garcie, pour sa sûreté, garde
roit les prisonniers qu'il avoit entre le
mains, jusqu'à l'entière exécution de c
traité. Cependant il voulut séjourner quel
que temps dans les places qu'il avoit con
quises, et il alla à Almaras, que les Maure
lui avoient cédée. La reine, qui aimo

passionnément le roi son mari, l'avoit presque toujours suivi depuis que la guerre
étoit commencée. Pendant le siége de Talavéra, elle étoit demeurée en un lieu qui
n'en étoit pas fort éloigné : une légère in-
disposition l'y retenoit encore ; mais elle
devoit bientôt se rendre auprès de lui.
Gonsalve, impatient de voir Zayde, pria
don Garcie de mander à la reine de passer à Talavéra, sur le prétexte de voir cette
nouvelle conquête, et d'amener avec elle
toutes les dames arabes qui y étoient pri-
sonnières. La reine savoit l'intérêt que son
frère prenoit à Zayde, et elle fut bien aise
de réparer dans cette passion les traverses
qu'elle lui avoit causées dans celle de Nugna
Bella. Elle alla à Talavéra, et toutes les
dames consentirent avec joie de passer auprès d'elle le temps qu'elles devoient être
en Espagne. Zulema, qui demeuroit prisonnier à Talavéra, eut quelque peine à
se résoudre que Zayde le quittât ; et le
rang qu'il avoit toujours tenu, lui faisoit
voir avec douleur que la princesse sa fille
fut obligée de suivre la reine, comme les
autres dames. Il s'y résolut néanmoins, et
Gonsalve eut la joie de savoir qu'il verroit
bientôt cette admirable beauté, qui lui

avoit donné tant d'amour. Le jour que la
reine arriva, le roi alla deux lieues au-devant d'elle : il la trouva à cheval avec toute
les dames de sa cour. Sitôt qu'elle fut a-
sez près, elle lui présenta Zayde, dont la
beauté étoit encore augmentée par le soi
de se parer, que lui avoit peut-être inspir
le désir de paroître aux yeux de Consalv
avec tous ses charmes. Les graces de s
personne, l'agrément de son esprit et d
sa modestie, surprirent tout le monde. Ell
fut traitée comme le devoit être une prin
cesse de sa naissance, de son mérite,
de sa beauté; et elle fit en peu de jours le
délices et l'admiration de la cour de Léo
Consalve ne la regardoit qu'avec transpor
et l'assurance d'en être aimé, ne lui lai
soit pas envisager les obstacles qui s'opp
soient à son bonheur. S'il l'avoit aimée p
la seule vue de sa beauté, la connoissan
de son esprit et de sa vertu, lui donno
de l'adoration. Il cherchoit avec autant
soin les occasions de lui parler en part
culier, qu'elle en prenoit de les éviter. E
fin, l'ayant trouvée un soir dans le cab
net de la reine, où il y avoit peu de mond
il la conjura avec tant d'ardeur et de re
pect de lui apprendre les dispositions

lle étoit pour lui, qu'elle ne put le refuser.

S'il m'étoit possible de vous les cacher, lui dit-elle, je le ferois, quelque estime que j'aie pour vous; et je m'épargnerois la honte de laisser voir de l'inclination à un homme à qui je ne suis pas destinée. Mais puisque, malgré moi, vous avez su mes sentimens, je veux bien vous les avouer, et vous expliquer ce que vous n'avez pu savoir que confusément. Alors elle lui dit tout ce qu'il avoit déjà appris par don Amond des prédictions d'Albumazar et des résolutions de Zulema. Vous voyez, ajouta-t-elle, que tout ce que je puis est de vous plaindre et de m'affliger; et vous êtes trop raisonnable pour exiger de moi de ne pas suivre les volontés de mon père. Laissez-moi croire au moins, madame, lui dit-il, que s'il étoit capable de changer, vous ne vous y opposeriez pas. Je ne saurois vous dire si je m'y opposerois, répondit-elle; mais je crois que je le devrois faire, puisqu'il y va du bonheur de toute ma vie. Si vous croyez, madame, répartit Gonsalve, être malheureuse en me rendant heureux, vous avez raison de demeurer dans les résolutions que vous avez prises; mais j'ose vous dire que si vous aviez les

sentimens dont vous voulez bien que je m[...]
flatte, il n'y auroit rien qui vous pût pe[...]
suader que vous puissiez être malheureus[...]
Vous vous trompez, madame, lorsque vo[...]
pensez avoir quelque bonté pour moi; [...]
je me suis trompé chez Alphonse, lorsq[...]
j'ai cru voir en vous des dispositions q[...]
m'étoient favorables. Ne parlons poin[...]
reprit Zayde, de ce que nous avons eu li[...]
de croire l'un et l'autre pendant que no[...]
étions dans cette solitude; et ne me fai[...]
pas souvenir de tout ce qui m'a dû persu[...]
der que vous étiez occupé par d'autr[...]
chagrins que par ceux que je pouvois vo[...]
donner: j'ai appris, depuis que je vous [...]
vu à Talavéra, ce qui vous avoit oblig[...]
quitter la cour; et je ne doute point qu[...]
vous ne donnassiez au souvenir de Nu[...]
Bella, tout le temps que vous ne pas[...]
pas auprès de moi. Consalve fut bien a[...]
que Zayde lui donnât lieu de la rassu[...]
sur tous les doutes qu'elle avoit eus de [...]
passion: il lui apprit le véritable état o[...]
étoit son cœur lorsqu'il l'avoit connue[...]
lui dit ensuite tout ce qu'il avoit souffe[...]
de ne la point entendre, et tout ce qu'[...]
s'étoit imaginé de son affliction. Je n[...]
m'étois pas néanmoins entièrement tro[...]

, madame, ajouta-t-il, lorsque j'avois
cru avoir un rival; et j'ai su depuis la passion
que le prince de Tharse avoit pour vous.
Il est vrai, répondit Zayde, qu'Alamir
m'en a témoigné, et que mon père avoit
résolu de me donner à lui avant qu'il eût
vu ce portrait qu'il conserve avec un soin si
extraordinaire, tant il est persuadé que mon
bonheur dépend de me faire épouser celui pour qui il a été fait. Hé bien, madame,
dit Consalve, vous êtes résolue d'y consentir, et de vous donner à celui à qui vous
trouvez que je ressemble. S'il est vrai que
vous n'ayez pas d'aversion pour moi, vous
pouvez croire que vous n'en aurez pas pour
lui. Ainsi, madame, l'assurance que j'ai
que je ne vous déplais pas, m'est une certitude que vous épouserez mon rival sans
répugnance. C'est une sorte de malheur
que nul autre que moi n'a jamais éprouvé,
et je ne sais comment l'état où je suis ne
vous fait point de pitié. Ne vous plaignez
point de moi, lui dit-elle, plaignez-vous
d'être né Espagnol : quand je serois pour
vous comme vous le pouvez désirer, et
quand mon père ne seroit point prévenu,
votre patrie seroit toujours un obstacle
invincible à ce que vous souhaitez, et Zu-

lema ne consentiroit jamais que je fuss
à vous. Permettez-moi au moins, madame
répliqua Consalve, de lui faire savoir me
sentimens. La répugnance que vous ave
témoignée pour Alamir, a dû lui ôter l'e
pérance de vous faire épouser un homm
de sa religion : peut-être n'est-il pas si at
taché que vous le pensez aux paroles d'A
bumazar : enfin, madame, permettez-mo
de tenter toutes choses pour parvenir à u
bonheur sans lequel il m'est impossibl
de vivre. Je consens à ce que vous voule
dit Zayde, et je veux bien même que vou
croyiez que je crains que tout ce que vou
tenterez ne soit inutile.

Consalve s'en alla à l'heure même trou
ver le roi, pour le supplier de l'aider dan
le dessein qu'il avoit de savoir les senti
mens de Zulema, et d'essayer de se le
rendre favorables. Ils résolurent de donne
cette commission à don Olmond, que so
adresse et son amitié pour Consalve ren
doient plus capable qu'aucun autre d'
réussir. Le roi écrivit par lui à Zulema
et lui demanda Zayde pour Consalve,
la même manière qu'il l'auroit demandé
pour lui-même. Le voyage de don Olmon
et la lettre de don Garcie furent inutile

…lema répondit que le roi lui faisoit trop d'honneur, qu'il avoit sa fille entre les mains, qu'il en pouvoit disposer; mais que, … son consentement, elle n'épouseroit jamais un homme d'une religion contraire à la sienne. Cette réponse donna à Con- …ve toute la douleur qu'il pouvoit sentir: …nt aimé de Zayde, il ne voulut pas la … apprendre aussi fâcheuse qu'elle étoit, … peur que la certitude de ne pouvoir … e à lui, ne l'obligeât à changer les sen- …mens qu'elle lui faisoit paroître : il lui … seulement qu'il ne désespéroit pas de …gner Zulema, et d'obtenir de lui ce qu'il …haitoit avec tant d'ardeur.

La princesse Belenie, mère de Félime, … étoit demeurée malade à Oropèze, … urut quelque temps après la paix. On … voya Osmin à Talavéra avec Zulema, en … endant le temps que l'on avoit arrêté … ur rendre les prisonniers, et l'on con- …sit Félime à la cour. Elle n'y parut pas … c tous ses charmes. Les maux de son … rit avoient tellement abattu son corps, … sa beauté en étoit diminuée ; mais il … t aisé de s'apercevoir que le mauvais … t de sa santé étoit cause de ce change- … t. Cette princesse fut bien surprise de

21

trouver que ce Consalve qu'elle croyoit
ne pas connoître, et qu'elle ne pouvoit
entendre nommer sans douleur, à cause
de l'état où il avoit mis le prince de Tharse,
étoit le même Théodoric qu'elle avoit vu
chez Alphonse, et qui avoit su plaire à
Zayde. Son affliction redoubla, par la pensée que ce qu'elle avoit dit à Alamir dans
le bois d'Oropèze, lui avoit fait connoître
Consalve pour son rival, et avoit été la
cause de leur combat.

On avoit transporté ce prince à Almaras : elle avoit la consolation d'apprendre
tous les jours de ses nouvelles, et de ne
point cacher son affliction que l'on attri-
buoit à la mort de sa mère. Alamir, dont
la jeunesse avoit soutenu la vie pendant
quelque temps, se trouva enfin si affoibli
que les medecins désespérèrent de sa guérison. Félime étoit avec Zayde et Consalve, lorsqu'on vint leur dire qu'un écuyer
de ce malheureux prince demandoit à
parler à Zayde. Elle rougit ; et après avoir
été quelque temps embarrassée, elle le
fit entrer, et lui demanda tout haut ce que
souhaitoit le prince de Tharse. Mon maître
est près d'expirer, madame, répondit-il,
il vous demande l'honneur de vous vo-

vant que de mourir; et il espère que l'état
où il est, vous empêchera de lui refuser
cette grace. Zayde fut touchée et surprise
du discours de cet écuyer; elle demeura
quelque temps sans répondre : enfin elle
tourna les yeux du côté de Consalve, comme
pour lui demander ce qu'il desiroit qu'elle
fît; mais voyant qu'il ne parloit point, et
jugeant même, par l'air de son visage,
qu'il appréhendoit qu'elle ne vît Alamir :
je suis très-fâchée, dit-elle à son écuyer, de
ne pouvoir accorder au prince de Tharse,
ce qu'il souhaite de moi. Si je croyois que
ma présence pût contribuer à sa guérison,
je le verrois avec joie ; mais comme je suis
persuadée qu'elle lui seroit inutile, je le
supplie de trouver bon que je ne le voye
pas, et je vous conjure de l'assurer que
j'ai beaucoup de déplaisir de l'état où il
est. L'écuyer se retira après cette réponse.
Félime demeura abîmée dans une douleur
dont elle ne donnoit néanmoins d'autres
marques que son silence. Zayde partageoit
la tristesse de Félime, et avoit quelque
pitié de la misérable destinée du prince
de Tharse. Consalve étoit combattu entre
la joie d'avoir vu la complaisance de Zayde
pour des sentimens qu'il ne lui avoit pas

même expliqués, et entre la peine d'avoir privé ce prince mourant de la vue de cette princesse.

Comme toutes ces personnes étoient occupées de ces divers sentimens, l'écuyer d'Alamir revint, et dit à Félime que son maître demandoit à la voir, et qu'il n'y avoit point de momens à perdre si elle vouloit lui accorder cette grace. Félime se leva du lieu où elle étoit assise ; il ne lui resta rien d'une personne vivante que la force de marcher : elle donna la main à cet écuyer, et suivie de ses femmes, elle s'en alla au lieu où étoit le prince de Tharse. Elle s'assit auprès de son lit, et, sans lui rien dire, elle demeura immobile à le regarder. Le prince, la fixant, lui dit d'une voix mourante : Je suis bien heureux, madame, que l'exemple de Zayde ne vous ait pas inspiré la cruauté de me refuser la consolation de vous voir : c'est la seule que je pouvois espérer, puisque j'ai été privé de celle que j'avois osé prétendre. Je vous supplie, madame, de lui vouloir dire que c'est avec raison qu'elle m'a jugé indigne de l'honneur que Zulema m'avoit voulu faire. Mon cœur avoit brûlé de tant de flammes et s'étoit profané par

tant de fausses adorations, qu'il ne méritoit pas de toucher le sien; mais si une
inconstance qui a fini en la voyant, pouvoit avoir été réparée par une passion qui
m'a rendu entièrement opposé à ce que
j'étois et par un attachement le plus res-
pectueux qu'on ait jamais eu, je crois,
madame, que j'aurois expié tous les crimes
de ma vie. Assurez-la, je vous en conjure,
que j'ai eu pour elle l'adoration qu'on a
pour les dieux, et que je meurs bien moins
des blessures que j'ai reçues de Consalve,
que de la douleur de savoir qu'il est aimé
d'elle. Vous m'aviez dit la vérité dans le
bois d'Oropèze, lorsque vous m'apprîtes
que son cœur avoit été touché : je ne le
crus que trop, quoique je vous dis d'abord
que je ne le croyois pas. Je venois de vous
quitter, et je n'étois rempli que de l'idée
de cet heureux Espagnol quand je ren-
contrai Consalve. Sa ressemblance avec le
portrait que j'avois vu, et ce que vous ve-
niez de me dire, me frappèrent d'abord, et je
ne balançai point à croire qu'il ne fût celui
dont vous m'aviez parlé. Je lui fis connoître
que j'étois Alamir : il m'attaqua avec l'ani-
mosité d'un homme qui savoit que j'étois
son rival. J'ai su depuis que je ne m'étois pas

*

trompé en le croyant favorisé de Zayde,
Il mérite de toucher son cœur; j'envie
son bonheur sans l'en trouver indigne. Je
meurs accablé de mes malheurs sans en
murmurer; et si j'osois, je me plaindrois
de l'inhumanité de Zayde, d'avoir privé
de sa vue un homme qui va la perdre pour
jamais. On peut juger de combien de douleurs mortelles les paroles d'Alamir per-
cèrent le cœur de Félime. Elle voulut
parler deux ou trois fois; mais ses sanglots
et ses larmes lui fermèrent la bouche:
enfin, avec une voix entrecoupée de soupirs et emportée par une tendresse qu'elle
ne put retenir : Croyez, lui dit-elle, que
si j'avois été à la place de Zayde, nul autre
n'auroit été préféré au prince de Tharse.
Malgré sa douleur, elle sentit la force de
ses paroles, et elle tourna la tete pour cacher l'abondance de ses larmes et pour
éviter les yeux d'Alamir. Hélas! madame,
reprit ce prince mourant, seroit-il possible que ce que vous me laissez voir, fût
véritable? Je vous avoue que le jour où
je vous parlai dans le bois, je crus une
partie de ce que j'ose croire présentement;
mais j'étois si troublé, et vous sûtes si bien
donner un autre sens à vos paroles, qu'il

...re m'en resta qu'une légère impression.
Pardonnez-moi, madame, ce que j'ose
penser, et pardonnez-moi d'avoir causé un
malheur qui a été plus grand pour moi que
pour vous. Je ne méritois pas d'être heureux ; je l'aurois trop été, si....

Une foiblesse l'empêcha de continuer:
il perdit la parole, et tourna les yeux vers
Félime, comme pour lui dire adieu ; ensuite il les ferma pour jamais, et mourut
presque dans le même moment. Les larmes de Félime s'arrêtèrent: elle demeura
saisie de douleur, et elle regarda mourir
ce prince avec des yeux qui n'avoient
plus de mouvement. Ses femmes, voyant
qu'elle restoit dans la place où elle étoit
assise, l'emmenèrent d'un lieu où il ne
restoit que des objets funestes. Elle se
laissa conduire sans prononcer une seule
parole ; mais lorsqu'elle fut dans sa chambre, la vue de Zayde aigrit sa douleur, et
lui donna la force de parler. Vous êtes
contente, madame, lui dit-elle d'une voix
assez foible, Alamir est mort. Alamir est
mort, continua-t-elle ; et comme si elle se
l'eût appris à elle-même: je ne le verrai donc
plus ; j'ai donc perdu pour jamais l'espérance d'en être aimé ; il n'est plus au pou-

voir de l'amour de faire qu'il soit attaché
à moi : mes yeux ne verront plus les siens,
sa présence, qui adoucissoit tous mes malheurs, n'est plus un bien que je puisse
recouvrer. Ah! madame, dit-elle à Zayde,
est-il possible que quelqu'un pût vous
plaire, et qu'Alamir ne vous ait pas plu?
Quelle inhumanité est la vôtre? Pourquoi
ne l'aimiez-vous pas! Il vous adoroit, que
lui manquoit-il pour être aimable? Mais,
reprit doucement Zayde, vous savez bien
que j'eusse augmenté vos souffrances, si
je l'eusse aimé, et que c'étoit la chose du
monde que vous craigniez le plus. Il est
vrai, madame, répliqua-t-elle, il est vrai
je ne voulois pas que vous le rendissiez
heureux, mais je ne voulois pas que vous
lui ôtassiez la vie. Ah! pourquoi lui ai-je
si soigneusement caché la passion que j'a-
vois pour lui? reprit-elle; peut-être l'auroit-elle touché; peut-être auroit-elle fait
quelque diversion à ce fatal amour qu'il
a eu pour vous? Que craignois-je? pourquoi ne voulois-je pas qu'il sût que je
l'adorois? La seule consolation qui me
reste, est qu'il en ait deviné quelque chose.
Hé bien, quand il l'auroit su, il auroit
feint de m'aimer, et m'auroit trompée.

qu'importe qu'il m'eût trompée comme il
avoit commencé? Ils sont encore chers à
mon souvenir ces momens précieux où il
voulut bien me laisser croire qu'il m'ai-
noit. Est-il possible qu'après tant de maux
que j'ai soufferts, il m'en restât encore de
si grands à souffrir? J'espère au moins que
j'aurai assez de douleur pour n'avoir pas
la force de les supporter.

Comme elle parloit ainsi, parut à la porte
de sa chambre Consalve, qui, croyant
qu'elle étoit dans une autre, venoit savoir
en quel état elle étoit revenue de chez
Alamir. Il se retira à l'heure même, pour
ne pas irriter sa douleur par sa présence;
mais ce ne put être si promptement,
qu'elle ne le vît, et que cette vue ne lui
fît faire de cris si douloureux, que les
cœurs les plus durs en auroient été touchés. Faites en sorte, madame, dit-elle à
Zayde, que je ne voye point Consalve;
je ne saurois supporter la vue d'un homme
par qui Alamir a reçu la mort, et qui lui
a ôté ce qu'il préféroit à sa vie.

La violence de sa douleur lui fit perdre
la parole et la connoissance; et comme
sa santé étoit déjà fort affoiblie, on jugea
aisément qu'elle étoit dans un grand péril,

Le roi et la reine, avertis de son mal, vinrent la voir, et envoyèrent chercher tous ceux qui pouvoient la soulager. Après cinq ou six heures d'une espèce de léthargie, la quantité des remèdes la fit revenir. De tout ce qui s'offrit à sa vue, elle ne reconnut que Zayde, qui pleuroit auprès d'elle avec beaucoup de douleur. Ne me regrettez point, lui dit-elle si bas qu'à peine pouvoit-on l'entendre : je n'aurois plus été digne de votre amitié, et je n'aurois pu aimer une personne qui auroit causé la mort d'Alamir. Elle n'en put dire davantage ; elle retomba dans les accidens dont on venoit de la tirer, et le lendemain à la même heure qu'elle avoit vu mourir le prince de Tharse, elle finit une vie que l'amour avoit rendue si malheureuse.

La mort de deux personnes d'un mérite si extraordinaire, parut si digne de compassion, que toute la cour de Léon en fut affligé. Zayde demeura dans une douleur inconcevable : elle aimoit tendrement Félime, et la manière dont elle étoit morte, redoubloit encore son affliction. Plusieurs jours se passèrent, sans que les soins et les prières de Consalve pussent apporter quelque modération à sa trisesse. Mais enfin, la crainte de partir l'Espagne et d'abandonner Consalve, fit faire quelque trève à ses larmes, et lui donna une autre sorte de douleur. Le roi en retourna à Léon; et il restoit si peu e choses à faire pour l'exécution de la aix, que, selon les apparences, Zulema evoit bientôt repasser en Afrique. Il 'étoit pas néanmoins en état de partir; il avoit été dangereusement malade ans le même temps que Félime étoit norte, et l'on avoit caché à Zayde l'extrémité de sa maladie, pour ne pas l'accabler de tant de déplaisirs à la fois. Consalve étoit dans des inquiétudes mortelles, et ne songeoit qu'aux moyens de faire consentir ce prince à son bonheur, ou l'obtenir de Zayde de demeurer en Espagne auprès de la reine, puisque la bienséance lui permettoit de ne pas suivre un père qui paroissoit résolu à la faire changer de religion. Quelques jours après qu'on fut arrivé à Léon, Consalve entra un soir dans le cabinet de la reine; Zayde y étoit, mais si attachée à regarder un portrait de Consalve, qu'elle ne le vit point entrer. Je suis bien destiné, madame, lui dit-il, à être jaloux d'un portrait, puisque je le

suis même du mien, et que j'envie l'attention que vous avez à le regarder. De
votre portrait? reprit Zayde avec un étonnement extrême. Oui, madame, de mon
portrait, reprit Consalve. Je vois bien que
vous avez peine à le croire, par sa beauté ;
mais je vous assure néanmoins qu'il a été
fait pour moi. Consalve, lui dit-elle, n'a-
t-on point fait pour vous quelque autre
portrait semblable à celui que je vois? Ah!
madame, s'écria-t-il avec ce trouble que
donnent les joies incertaines, puis-je croire
ce que vous me laissez deviner, et que je
n'ose même vous dire? Oui, madame,
continua-t-il, d'autres portraits, pareils
à celui que vous voyez, ont été faits pour
moi ; mais je n'oserois m'abandonner à
croire ce que je vois bien que vous pensez, et ce que j'aurois pensé il y a long-
temps, si je m'étois cru digne des prédictions qu'on vous a faites, et si vous ne
m'aviez pas toujours dit que le portrait à
qui je ressemblois étoit celui d'un Afri-
cain. Je l'avois cru à l'habillement, répondit Zayde, et les paroles d'Albumazar
m'en avoient persuadée. Vous savez, ajouta-t-elle, combien j'ai souhaité que vous
puissiez être celui à qui vous ressembliez ;

mais ce qui m'étonne, est que, l'ayant tant souhaité, la préoccupation m'ait empêchée de le croire. J'en parlai à Félime, sitôt que je vous vis chez Alphonse. Lorsque je vous revis à Talavéra, et que je sus votre naissance, cette pensée me revint dans l'esprit, et je ne la regardai pourtant que comme un effet de mes souhaits. Mais qu'il sera difficile, reprit-elle en soupirant, de persuader mon père de cette vérité, et que je crains que ces prédictions, qui lui ont paru véritables quand il a cru qu'elles regardoient un homme de sa religion, ne lui paroissent fausses lorsqu'elles regarderont un Espagnol. Comme elle parloit, la reine entra dans le cabinet : Consalve lui fit part de sa joie ; elle ne voulut pas retarder d'un moment celle qu'en auroit le roi. Elle alla lui dire ce qu'ils venoient de découvrir, et le roi vint à l'heure même savoir de Consalve ce qui restoit à faire, pour rendre son bonheur parfait. Après avoir examiné assez long-temps de quelle manière on pourroit gagner Zulema, ils résolurent de le faire venir à Léon. On dépêcha aussitôt à Talavéra, pour lui faire savoir que le roi souhaitoit qu'il fût conduit à la cour ;

22

et comme sa santé étoit entièrement réta-
blie, il y arriva en peu de temps. Le roi
le reçut avec beaucoup de témoignages
d'estime, et le fit entrer dans son cabinet.
Vous ne m'avez pas voulu accorder Zaydé,
lui dit-il, pour l'homme que je considère
le plus; mais j'espère que vous ne la refu-
serez pas pour celui dont voici le portrait, et à qui je sais qu'elle est destinée
par les prédictions d'Albumazar. A ces
mots, il lui fit voir le portrait de Consalve, et lui présenta Consalve même, qui
s'étoit un peu retiré. Zulema les regardoit
l'un et l'autre, et paroissoit enseveli dans
une profonde rêverie. Le roi crut que son
silence venoit de son incertitude. Si vous
n'étiez pas assez persuadé par la ressemblance, lui dit-il, que ce portrait ne soit
celui de Consalve, on vous en donneroit
tant d'autres marques, que vous n'en
pourriez douter. Le portrait que vous
avez, et qui est pareil à celui-ci, ne peut
être tombé entre vos mains que depuis la
bataille que perdit Nugnez Fernando,
père de Consalve, contre les Maures. Il
le fit faire par un excellent peintre qui
avoit voyagé par tout le monde, et à qui
les habillemens d'Afrique avoient paru si

beaux, qu'il les donnoit à tous ses portraits. Il est vrai, seigneur, répartit Zulema, que je n'ai ce portrait que depuis
le temps que vous me marquez : il est
vrai aussi que, parce que vous me faites
l'honneur de me dire, et par la grande
ressemblance, je ne puis douter que ce ne
soit celui de Consalve. Mais ce n'est pas
ce qui cause mon silence et mon étonnement : j'admire les décrets du ciel et les
effets de sa providence. On ne m'a point
fait de prédiction, seigneur, et les paroles d'Albumazar, dont je vois bien que
vous avez entendu parler, ont été prises
par ma fille dans un autre sens qu'elles ne
doivent l'être. Mais puisque vous avez la
bonté de vous intéresser à sa fortune, trouvez bon, seigneur, que je vous informe
de ce que vous ne pouvez savoir que par
moi, et que je vous apprenne les commencemens d'une vie dont vous seul pouvez présentement faire le bonheur.

Les justes prétentions de mon père sur
l'empire du calife, le firent reléguer en
Chypre : j'y allai avec lui ; j'y devins
amoureux d'Alasinthe, et je l'épousai.
Elle étoit chrétienne : je résolus d'embrasser sa religion, qui me paroissoit la seule

que l'on dût suivre ; néanmoins l'austérité m'en fit peur , et retarda l'exécution de mon dessein. Je m'en retournai en Afrique : les délices et la corruption des mœurs me r'engagèrent plus que jamais dans ma religion , et me donnèrent une nouvelle aversion pour les chrétiens. J'oubliai Alasinthe pendant plusieurs années ; mais enfin , touché du désir de la revoir, et de revoir Zayde que j'avois laissée dans la première enfance , je résolus de l'aller chercher en Chypre, pour lui faire changer de religion, et pour lui faire épouser un prince de Fez, de la maison des Idris. Il avoit entendu parler d'elle : il la désiroit avec passion, et son père avoit pour moi une amitié particulière. La guerre qui étoit en Chypre, me fit hâter mon dessein : lorsque j'y arrivai , j'y trouvai le prince de Tharse amoureux de Zayde : il me parut aimable ; je ne doutai pas qu'il n'en fût aimé. Je crus que ma fille se résoudroit aisément à l'épouser. Je n'étois pas entièrement engagé au prince de Fez. Sa mère étoit chrétienne, et je craignis qu'elle ne fût un obstacle au dessein que j'avois que Zayde changeât de religion. Je consentis donc aux sentimens qu'Alamir avoit pour elle ; mais je fus fort surpris de la répugnance qu'elle me témoigna pour lui; et tant que le siége de Famagouste dura, quelques effort sque je fisse, je ne pus l'obliger à recevoir ce prince pour son mari. Je pensai que je ne devois pas m'opiniâtrer à vaincre une aversion qui me paroissoit naturelle, et je résolus de la donner au prince de Fez, sitôt que nous serions en Afrique. Il m'avoit écrit depuis que j'étois en Chypre : j'avois su que sa mère étoit morte ; ainsi, je n'avois rien à désirer pour ce mariage. Nous quittâmes Famagouste, nous abordâmes à Alexandrie, et j'y trouvai Albumazar, que je connoissois il y avoit long-temps. Il remarqua que ma fille regardoit avec attention et avec plaisir un portrait pareil à celui que je viens de voir. Le lendemain, comme je parlois à ce savant homme de l'aversion qu'elle avoit témoignée pour Alamir, je lui dis la résolution où j'étois, de lui faire épouser le prince de Fez, quelque répugnance qu'elle y pût avoir.

Je doute qu'elle en ait pour sa personne, me répondit Albumazar. Ce portrait, qui lui a paru si agréable, ressemble si fort à ce prince, que je crois qu'il a été fait pour

étrange aventure. Néanmoins Consalve ne
fut pas surpris qu'Albumazar se fût trompé à la ressemblance du prince de Fez; il
savoit que plusieurs personnes s'y étoient
trompées, et il apprit à Zulema que la
mère de ce prince étoit sœur de Nugnez
Fernando, son père; et qu'ayant été prise
dans une irruption des Maures, elle fut
conduite en Afrique, où sa beauté la rendit femme légitime du père du prince de
Fez.

Zulema s'en alla apprendre à sa fille ce
qui venoit de se passer, et il lui fut facile
de juger, par la manière dont elle reçut
cette nouvelle, qu'elle n'étoit pas insensible au mérite de Consalve. Peu de jours
après, Zulema embrassa publiquement la
religion chrétienne : on ne songea ensuite
qu'aux préparatifs des noces qui se firent
avec toute la galanterie des Maures, et
toute la politesse d'Espagne.

FIN DE ZAYDE, ET DU SECOND VOLUME.

E.

essalte
fut tre
de Fer
y éto
na que
e Nug
t été p
, elle
té la
prince

 fill
fait fa
elle r
s insc
de f
reme
a ens
se fi
ores

www.ingramcontent.com/pod-product-compliance
Lightning Source LLC
Chambersburg PA
CBHW070510030726
47503CB00004B/1226